U0886102

王雅平，一个 70 后，一个从教多年的教师，一个经历了文学的理想年代，而今正在从事阅读推广相关工作的普通女性。现就职于浙江交通职业技术学院。工作之余，读书写作，由此安放心灵，也由此关照生活现实。

# 梦梅人记

王雅平 著

杭州出版社

# 前　言

“梦梅”二字，分别取自《红楼梦》和《金瓶梅》。作为中国古典长篇小说双峰，这两部书始终散发着绵绵不绝的魅力，历久弥新。

对《红楼梦》和《金瓶梅》的品评、赏鉴乃至研究，数量已然不少。但是经典著作之所以为经典，乃在于它为不同时代、不同身份的读者提供了丰富的阅读空间，使作者对理想读者的呼唤成为可能，也使得读者对作品文学生命的二次创造成为可能。

《红楼梦》的大众认知度与普及度，《金瓶梅》难以望其项背。《金瓶梅》是一部皇皇大书，多年来，它由于某种原因被污名化、被庸俗化、被窄化了。事实上，曹雪芹的《红楼梦》在诸多方面借鉴了《金瓶梅》，喜爱读《红楼梦》的毛主席也曾经向党的高级领导干部推荐《金瓶梅》，并给予《金瓶梅》高度评价。尽管如此，对这部大书中的人物解读也远远少于宝黛钗凤。一方面，潘金莲、李瓶儿等长久以来被贴上单一的淫邪标签，她们作为鲜活个体的深层的无奈与挣扎被忽略了，由此这部大书的艺术成就和思想深度也被忽略了。另一方面，它恢弘的体量与“平淡”的情节也在阅读体验上阻碍了人们去捧读、探究和欣赏。

笔者对这两部经典的阅读体验，也经历了少时寻美、青年读爱、中年探寻人性的过程，越读越觉得齿颊留香，余味不绝，启发了我新的思考。例如，《红楼梦》中的王夫人，她是作为棒打鸳鸯、面善心冷的无趣妇人来写的，但是她和贾政吵架时却显露出了当家太太的智慧。贾政常常被贴上迂腐僵化的标签，可是细读《大观园试才题对额》一节，却能发现他其实称得上是个好父亲。凤姐的笑令人印象深刻，而她的向隅而泣也值得分析。探春在抄检大观园一节的表现被屡加赞赏，而她智斗家贼的语言艺术则多被忽略。令人讨厌的贾环能给我们带来什么样的有关少年心理健康的启迪？黛玉和湘云有许多共性，但为什么湘云更能融入团队？一向慈眉善目、乐呵呵的贾母还有雷霆震怒的时候。将贾府拖出泥淖的最大功臣其实是青年孀居的李纨……凡此种种，《红楼梦》的深厚广博为我陆续开展契合当下的解读提供了可能，一一写来而集成《片读红楼》，力求不落窠臼，自圆其说。

相比之下，《金瓶梅》如陋巷陈酒，少有人知，掩卷之余，也为它被误作低俗色情小说而隔离在大众阅读之外而深深叹惋。

《金瓶梅》是一部世情大传，市井人物栩栩如生，运河边繁华商埠清河县的男男女女虽然生活在古代，但是“人性的底层必然相通”，即使是21世纪“元宇宙”概念横空出世的今天，细读《金瓶梅》里的众生相仍然对今天的我们有所启发。

例如孟玉楼。她作为高龄寡妇却能三嫁而终得爱情，这中间的进退、谋略、处事，难道不值得细细品味乃至研究吗？在我看来，孟玉楼就是《金瓶梅》塑造的理想女子，给她安排的人生逆袭剧本是作者对这一类聪慧持重的女子的莫大善意。

再以潘金莲来说。潘氏有两个标签，其一是民间广为流传的第一淫妇，其二是研究者为潘氏正名的“追求爱情”的勇敢女人。细读之后，我发现潘金莲的人物意义要比这两个标签丰富得多。她的聪明、无奈、多情渐至放纵滥情、青春夭亡，越是细读，越是令人扼腕叹息。

《金瓶梅》是苍凉的，集中体现在多位女子的青春夭亡。底层仆妇宋蕙莲为什么死了？李瓶儿称得上是白富美，为什么早早走向黄泉路？《金瓶梅》也是诚恳的，它冷静真实地叙述了市井日常里隐藏的真相，有权贵阶层和它的附利者之间的狡诈利用，欺瞒哄骗，踩低拜高，但也有底层小人物常年的无奈挣扎，偶然的温情和愧疚，以及在无法抗拒命运时的自我消解。

这些，在书中的一群男配角——所谓的西门庆的亲兄热弟——身上各有体现。应伯爵固然是男配角里的领班，不可不提，而白赉光、常峙节这样的边缘人，细看之下也有可爱可叹之处。

众所周知，《三国演义》《水浒传》《西游记》《红楼梦》是中国的四大名著，但少为人知的是，当时最先考虑的是《金瓶梅》——虽然最终未列入“四大”之中，但至少可以说明有识之士对它的推崇。

惜乎！多少人仅仅因为被告知“《金瓶梅》是低俗小说”就视其为齷齪下流，自身未进入其中一探其妙而随悠悠众口对其加诸恶名，以至于吓住了许多潜在读者。我的《瓶中看人》既是一次个性化解读的写作，也是一次逐渐靠近《金瓶梅》艺术殿堂和逐渐加深人性理解的过程。如果这些文字能够吸引更多的人成为《金瓶梅》的读者，就好像璞石藏玉，经我拂尘轻扫，世间多了几个拾玉人，就足可欣慰了。

多年以来我“好读书，不求甚解”，看书虽多却杂，乘兴而读，没有沿着一条道走到幽暗的“黑”处。与好读书相伴的则是乐于写。早年开设博客，其后在朋友圈随手记录，再后来开设个人公众号……率性而写，零零散散敲下的文字少说也有数十万了。常常有熟悉的朋友问：“怎么不出书？”善意的朋友不知道，作为一个从小对文学、对书籍心存敬畏的人，我总是抱愧，并不敢将自娱自乐写就的文字结集成书，恐怕贻笑大方。

这个时代越来越急，智能手机和碎片化阅读已经在某种程度上造成了对深度思维的剥夺、对潜心读书的剥夺，也由此造成了对激扬文字，何不快哉的剥夺。那么，在一段比较长的时间里，树立一个目标进行专题写作，并校点成书，倒也不失为在着急的时代里慢下脚步，倾听内心，记录时光的方式。

《红楼梦》和《金瓶梅》这两部大书的阅读没有尽头。但是因为它们平淡寻常的奇崛，不动声色的犀利，花团锦簇的苍凉，使得这没有尽头的道路上时时闪现出奇异的花朵和隐含的泉流，令我欲罢不能，并且由此产生了隐秘的快乐，终于有一天，这种快乐堆积到必须借用写作来卸载的程度。

回溯《瓶中看人》的缘起，和在杭州市拱宸书院以及浙江图书馆等做的公益读书讲座有关。原本个人化的写作，因为被这些公益机构邀请而做了从公众号小文到口头讲演的转化，而听众的喜爱——尤其是听他们赞叹“原来如此”并产生了去亲自阅读《金瓶梅》这部大书的兴趣——也鼓励了我继续探究，遂渐成一系列。《片读红楼》则直接受到我的同事燕平启发。熟读《红楼梦》的燕平应我之邀为学校师生做一次赏析讲座：从海棠诗社看学校社团管理。燕平准备得十分认真，角度又新颖，全场师生听得津津有味。这次讲座提示我：家喻户晓的《红楼梦》在当代可以有一种新的解读路径，特别是对于在应试教育中对林黛玉、贾宝玉略知一二而对书中其他“配角”不甚了了的当代青年人来说，从人物剖析的角度并结合现实事物进行解读，是一种有效的且有新意的尝试。

《片读红楼》和《瓶中看人》的片段章节先是在我的微信朋友圈和个人公众号上发布，这是一种半私人、半公众的写作。许多朋友以点赞、留言甚至打赏的方式，鼓励我坚持下去，倏忽已近八年。如果不是这些朋友们诚恳的鼓励，我想作为一个不能以此为生的人，应该已经被这种和书页与书写相守的寂寞打倒了。 在此不能一一枚举名字，但念在心。

而打开这本书的读者，你们对书页的抚摸、对文字的流连，当然更是对我的鼓励，你们赋予了我的工作以看得见的价值。

同时，这本书的付梓出版，也要感谢我所就职的浙江交通职业技术学院的领导和同事，是你们的切实鼓励和真心期待，使得这个由本职工作和个人兴趣结合生发而来的小小梦想，得以成为现实。

谢谢你们。

共勉。

王雅平

二〇二二年仲春，于杭州

# 目录

001 | 前　言

## 第一部分　片读红楼

003 | 燕窝的滋味
010 | 大观园里的女人节
016 | 袭人跃迁的助攻手
024 | 凤姐的无奈
031 | 可叹邢夫人
037 | 王夫人的智慧
043 | 为什么湘云更受团队欢迎
051 | 世家公子为什么长歪了
057 | 贾政是个好爸爸
065 | 刺玫瑰的怒与笑
074 | 言不由衷的贵妃
081 | 凤姐为什么哭了
090 | 被误读的婆子们
095 | 贾府重视教育吗
101 | 兰桂齐芳的推手
107 | 贾雨村之变
113 | 香菱为什么学诗

117 | 宝钗的多面性
122 | 慈爱老人的雷霆怒
131 | 刘姥姥和王婆
139 | 宝玉可以不挨打吗
148 | 窗之意象
154 | 吃饭，饭局和饭聚

## 第二部分　瓶中看人

162 | 理想女子孟玉楼
183 | 悲情女子李瓶儿
205 | 最是金莲不自由
225 | 欲望裹挟宋蕙莲
246 | 巧舌如簧应伯爵
253 | 尴尬闲人白赉光
259 | 可叹暖男常峙节

265 | 代后记一　父亲建造的宫殿
277 | 代后记二　北高峰上的父亲

# 第一部分　片读红楼

# 1

# 燕窝的滋味



燕窝，滋阴补气，馈赠佳品。

燕窝能有现在的身价至少一大半要归功于曹公雪芹。在《红楼梦》之前，还没有哪部广为流传的文学作品多次描述燕窝之珍贵。《三国演义》帝王将相，饮酒场面不少，比如青梅煮酒论英雄、关羽温酒斩华雄、吕布借酒戏貂蝉；《水浒传》草莽英雄，常常出镜的吃食是肉，鲁提辖找镇关西的茬就是要他把猪肉细细地切成臊子，武松打虎之前佐酒的是牛肉；《西游记》神鬼世界，讲到的美味除了总也吃不到的唐僧肉，就是孙大圣爱的蟠桃和人参果。这几部都是小说演绎，纪实作品《东京梦华录》详细叙述了大量宫廷与民间美食，可谓林林总总，但没有专门浓墨重彩地写燕窝的好处。世情大书《金瓶梅》宴饮不少，酥油泡螺、糟腌鲥鱼等都有细细笔墨，但是燕窝似乎没有提及。曹公以其世家公子经历，在人间真实《红楼梦》中多处为燕窝铺排笔墨，簪缨世族、诗礼之家的生活方式成为燕

窝的最好广告。

《红楼梦》里燕窝多次作为滋补佳品出现。秦可卿病重，她婆婆尤氏说：“我才看着他吃了半盏燕窝汤，我才过来了。”意思是见病重的秦可卿吃过燕窝汤这样的滋补品了婆婆尤氏心里略略放心些。凤姐小产要调理，晚上吃的是燕窝粥。晴雯夭亡，宝玉心痛不思饮食，一夜不眠，袭人也是熬燕窝粥给他吃。总之，身体不舒服，胃口不开，需要温补，就请出燕窝来施展神效。

燕窝最大的戏眼是在黛钗之间。黛玉总咳嗽，宝钗说每日吃燕窝粥最是滋阴补气的。要她“每日早起拿上等燕窝一两，冰糖五钱，用银铫子熬出粥来”，黛玉说了身为寄居之人的顾虑之后，宝钗就命人送了一大包上等燕窝来，还配了洁粉梅片雪花洋糖。因这一送，再加上之前聚餐行酒令说错了话而宝钗没有当众点破，黛玉便觉得从前把宝钗看作素日藏奸是误会了她，从此和宝钗亲厚起来。燕窝，使得林妹妹和宝姐姐从塑料姐妹花，变成知心金兰契。

暖男宝玉觉得宝钗是客人，供应燕窝也有不便，“若只管和他要，太也托实”，就和老太太去说了，于是老太太嘱咐每天给外孙女送一两。这里又要补一句，为什么宝玉说“不便和太太要”，也就是不和他亲妈王夫人说呢？因为宝玉已经察觉他亲妈不怎么待见林妹妹。王夫人是黛玉的舅母，又是大户人家出身的贵族，喜怒不形于色。唯有对林妹妹用情至深，宝玉才能于细微处觉察妈妈和黛玉的关系不亲密。

曹公把燕窝的滋补作用一说再说，这还不够，还借着老祖宗的日常饮食和宝玉口中“既吃燕窝，又不可间断”，来说明燕窝得常吃才有效。这不是给燕窝做了长期广告嘛！黛玉不肯吃燕窝粥的托词：“请大夫，熬药，人参肉桂，已经闹了个天翻地覆，这会子我又兴出新文来熬什么燕窝粥，老太太、太太、凤姐姐这三个人便没话说，那些底下的婆子丫头们，未免不嫌我太多事了。”但是服侍她的紫鹃，绝不嫌麻烦，得知是宝玉和老太太打的特别申请，谢过他的体贴之后，还想出试探宝玉心思的话来：“在这里吃惯了，明年家去，那里有闲钱吃这个。”宝玉听了这话，犯了痴，惹出一场风波来。细究缘由，这场深情的明证，是从燕窝起。

燕窝的珍贵，曹公也有多处暗示。当家少奶奶凤姐吃燕窝粥，一桌吃饭的贴心忠仆兼得力助手平儿就没有。秦可卿公婆待她跟女儿似的，就算这样，也得病重之际才吃燕窝汤，并被婆婆尤氏特意地告诉给和儿媳妇交好的凤姐。洋洋一部《红楼梦》，大观园金枝玉叶三春姐妹，无一处讲到她们日常吃燕窝。只有老祖宗地位尊崇，贾府又以孝道持家，才有燕窝的日供。黛玉若不是多病，又得老太太特别地移情怜爱，也不能有。因其珍贵，宝钗贴心送来一大包，才分外叫黛玉感动，由此和宝姐姐亲近了起来。

正如杜牧是荔枝第一宣传家、苏学士是红烧肉头号推动者、汪曾祺是高邮咸鸭蛋最佳代言人一样，文人爱一种食物，就付诸笔墨，名句名篇名场面，文学赋予食物诸多形而上的意趣，使后者成为一种时尚。

曹公是燕窝的头号粉丝，是最佳代言人，除成功普及了燕窝的滋补功能之外，更巧妙地指出了燕窝的社交功能。即使是贾府那样的钟鸣鼎食之家，燕窝也是少数人的专供。也正因燕窝的珍贵物设与人设相对，吃燕窝成了一种尊崇，送燕窝则成了一种礼遇。燕子们可万万没想到，它们的巢窝竟成为人类表达不说而说的情感的媒介。

食物常常有食物之外的微妙含义，那就是社会文化功能。它有时传递情谊，有时寄托思念，有时暗叙观点，有时彰显身份，有时则被用来体现“人以类聚”。晋人张翰借莼鲈之思辞官归乡，唐人高力士用清明糕团给吵了架的唐明皇和杨贵妃讲和，宋人范仲淹咏江上鲈鱼表达对渔民的同情……现代大学附近往往有美食街，一起叫外卖，一起撸过串成为共同的青春记忆。多年后同学叙旧，一旦有人说起“那时候学校后门有家店……”，总能马上得到其他人的回应，于是就算是素未谋面的学长学妹也能瞬间开启共同的记忆密码，引为同类。

食物不仅仅是食物，它还是经济发展背后的动因。美国学者西敏司的人类学著作《甜与权力——糖在近代历史上的地位》的主角便是糖。它如今几乎被医生看作是影响人类健康的罪魁祸首之一，但人类早期吃糖却需凭借权力：法国人费尽心思做的翻糖蛋糕，不仅仅为了食用，更是为了彰显贵族特权。吃糖的特权引发了平民阶级的向往，推动了蔗糖的生产，促发了种植园经济的兴起和殖民地的争夺，乃至于促成了英国、非洲和美洲之间的“跨国贸易”，还推动了英国海军的迅速发展，造就了一个曾经的“日不落帝国”。

除了原料本身的珍贵，社交功能也常常有赖于烹调过程的繁琐。黛玉不肯向老太太去要燕窝，除了燕窝本身不易得，还因为熬燕窝粥是件细致活儿，颇费婆子们的手眼功夫。与曹雪芹同时代的文人袁枚在《随园食单》一书中就有写燕窝的文章。“燕窝贵物，原不轻用。如用之，每碗必须二两，先用天泉滚水泡之，将银针挑去黑丝……此物至清，不可以油腻杂之；此物至文，不可以武物串之。”吃燕窝，先得用天然泉水浸泡，然后去毛，烹调过程也大有讲究，不能配猪肉之类俗物，得用嫩鸡汤、上好火腿汤、新蘑菇汤三种汤和燕窝搭配。燕窝之于袁枚早已超出了口味营养的实用层面，而是到达了至清至文的审美层面。可以想见，这样的燕窝，凡夫俗子是没有耐心吃也不配吃的，由此燕窝也有了社会阶层的标记功能。

现在燕窝没有那么珍稀了，燕窝俨然已发展成一门产业。

经过工业流水加工的燕窝炖品，吃起来也很方便。女人们有诸多理由吃一碗燕窝粥，虽然理智派早已说过那只不过是几种燕类的唾液堆积物而已，营养价值存疑。但是燕窝以其长期以来形成的物设，可以给女人们提供明确的情绪价值：别人送，是有人关爱的幸福女人；自己买，是有能力爱自己的独立女性。在端起一碗“至清至文”的燕窝粥时，若能想到宝黛钗三人的燕窝故事，则又增添了一些趣味。

# 2

# 大观园里的女人节

现在全世界劳动妇女在三月八日过节，这一天女人们笑逐颜开。知趣的男士发来红包，商家抓紧促销，女人们结伴踏春，总之是这个节日女人们笑容多、烦恼少。

大观园里的女人有没有节日呢？

女孩儿有花朝节。年幼被拐卖，辗转给呆霸王薛蟠做了房里人的香菱，日子过得不舒心，可是花朝节的时候，她也能有新做的石榴裙穿，能和其他女孩子们玩斗草斗花。

史湘云这个活泼直爽的姑娘更是留下了极为美好的名场面。

> “果见湘云卧于山石僻处一个石凳子上，业经香梦沉酣，四面芍药花飞了一身，满头脸衣襟上皆是红香散乱，手中的扇子在地下，也半被落花埋了，一群蜂蝶闹穰穰的围着他，又用鲛帕包了一包芍药花瓣枕着。”

想想吧，满园芳华，花气袭人，少女侧身卧于长凳，脸颊更胜花娇，唇角半含春色，被人推了还不醒，睡意蒙眬中仍然作酒令“泉香而酒洌，玉碗盛来琥珀光，直饮到梅梢月上，醉扶归，却为宜会亲友”。

这番娇憨天真的景象，大观园女儿只能湘云有，也只合湘云有。其他姑娘，要么端方持重，喝酒只是抿一抿，绝不会带醉。要么身娇体弱，绝不能和衣躺到花园里的石凳上去。平儿虽然两样占全，能喝也少顾忌，但是腹中又少了点儿书味，醉了只是醉了，意识模糊中作不出“泉香而酒洌”这样的词来。

节日中的女人们，往往在忙碌里度过。阖家妇女不论年龄都过的节，是端午节。盛夏开启，虫蛇大盛，民间谓之纯阳、大凶，所以要特别地插艾蒲、挂香囊、洒雄黄酒、吃五黄，来辟邪祛祟。当家女人作为妈妈要给孩子做香囊，作为主妇要烹调好几道菜，摆下酒席。这些程序费时费工，但是因为日子渐长而明亮，小孩子满地跑着十分欢乐，女人们心里生出欢喜，于是端午节就逐渐成了家常节日。

端午这天，王夫人摆了席，请薛家母女过来“赏午”，不像中秋和春节那样程式繁琐的阖府大庆，更像是个女人们拉家常说体己话的亲情之日。所谓“赏午”，赏什么呢？有五月榴花照眼明，也有各种样式的粽子、香囊。赏午，不仅是看花看水，也能欣赏赞叹女人们的女红。

端午，民间有出嫁的女儿要回娘家“躲午”的习俗。嫁给了皇帝的元妃困居深宫，在“那不得见人的去处”，自然是回不了娘家的。但是她回想起做小女孩时系虎符、挂香囊、簪鲜花的快乐，田舍人家的祥和，就给家人送去了端午节礼。因这礼物厚钗薄黛，引出宝玉一番剖心明志的话来。黛玉和三春姊妹都是宫扇和手串，宝钗宝玉则还有“凤尾罗二端，芙蓉簟（音“电”，即凉席）一领”。

有意思的是凤姐和李纨的不是红麝手串而是药锭子。麝香不利生育，给年轻媳妇儿是犯忌的，而药锭子谐音定子，凤姐只得一女，丈夫贾琏又是贾赦独子，不孝有三，无后为大，凤姐求子之心虽因好强而口上不说，内里实则急切得很。元妃这个礼物当然十分妥帖（李纨虽是孀居，但辈分和凤姐一样，自然是跟着同份了）。送礼打赏，是门学问。

《甄嬛传》和别的宫斗戏里老有红麝手串避子的情节，得感谢曹公启发。

《金瓶梅》也有多处写到端午节。李瓶儿和西门庆从偶然偷情到缔结孽缘，就是以端午节为场景标记的。瓶儿爱上了西门庆，却不见西门庆说话算数娶她过门。端午这日，瓶儿置备下佳肴，佐以美酒，请西门庆来吃粽子，谓之“解粽”，一圈圈地把捆绑粽子的绳儿解开，心急吃不得热粽，吃完了手那么黏糊，还得擦手净面，细想来这正是个需要耐心，边吃边说话的场景。加上天气渐热，衣裳有些单薄，酒酣耳热，心情畅快，

端午节的时令推了西门庆一把，决定娶这个妇人。这对瓶儿来说算是终身有靠。

瓶儿生了官哥儿，有子万事足，和西门庆过了一段和美的日常家庭生活，也由端午节带出“李瓶儿正在屋里，与孩子做那端午戴的那绒线符牌儿,及各色纱小粽子儿,并解毒艾虎儿”。至于为什么是虎，色彩学家的解释是虎纹黑黄两色，额头又有个“王”字，虎虎生威能够震慑邪祟。

旅美华人文学的重要作品《喜福会》，女主角英英回忆幼年时长于大宅得到宠爱，也是用“保姆给我穿上黑黄两色的新衫子”，落水后被渔民救起，倒也应了逢凶化吉的意头。

后来春梅发达做了守备夫人，也是端午节摆下家宴，从当年侍奉和弹唱的丫头摇身一变为受侍奉的主人，并令丫头席间弹唱。怎不教人叹一句物是人非，风水轮流转！端午节，从元妃到王夫人，从香菱到李瓶儿，从宫廷到市井，是名为避凶、实则欢乐的家庭节日，也是古代中国妇女特别是已婚妇女的重要社交日。

上元节属于情人。白雪纷飞，春节将尽，花灯璀璨，及时行乐，彩灯之中人群摩肩接踵，制造不期而遇的浪漫和擦肩而过的遗憾。上巳节属于文人。春服既成，风乎舞雩，洗去积年尘垢，曲水流觞，雅集唱和，怡然自得。花朝节属于少女。柔光明媚，鲜花着锦，是难得的展现女孩儿的活泼伶俐的节日。

乞巧节是为了得到织女护佑做出一手好女红。中秋节阖家欢聚，操持张罗的则是主妇。富贵人家，当家主母对外需要思量社交节礼，对内则要安排合族家宴。未出阁的小姐就算不必分担家事，也有多处规矩要守着——中秋夜宴异兆悲音那一回，夜深且凉，意兴阑珊，探春因为贾母还在，孤零零在隔壁桌坐着。春节更不必说了，合家欢往往是主妇们的辛劳日。唯端午节，盛夏之初，一切都带着浓烈的喜悦，而又不必惶急，女人们可以好整以暇地给自己放个假，虽然不能像男人那样外出，但是可以设下养眼又养身的家宴，借着避凶驱邪的由头，和姐妹好友小酌一杯。这是常年绷紧的妇女生活中，难得的一次从身到心的放松。

# 3

# 袭人跃迁的助攻手

荣宁二府大厦倾覆，从老太太到太太，从小姐到丫鬟，大观园众芳飘零，唯花袭人结局最好，嫁给名伶做了正妻。而大观园若不败落，袭人也得到了世俗意义上巨大的职场跃迁：从纯粹的丫头，跃升为荣国府合法继承人宝玉的妾，由仆而主。

袭人是从外被卖入贾府为奴婢的，不如“家生子”那样天然地具有获得主子信任的优势，也没有同在贾府工作的父母帮衬。容貌平常，业务能力也不算出众，并不得贾府最高精神领袖贾母之青睐，贾母对袭人的评价是“没嘴的葫芦”。相反，贾母提早为宝玉看中的“房里人”是晴雯：又漂亮，又能干，又打小在贾府长大。

虽然袭人和宝玉“初试云雨情”之后，宝玉视袭人更比别个不同，但实质上袭人凭借的是作为宝玉性启蒙者的先发优势。从大家族的规矩来说，那只是少爷丫头间的胡闹，以宝玉多情公子的性情和莺莺燕燕环绕的现实，袭人完全有可能被始乱终弃，距离获得妾的地位还差得很远。也就是说，宝玉不是关键人物。

那么是荣国府的名誉总经理、宝玉的母亲王夫人吗？也不是。

王夫人常常念佛，日常家政管理交给了王熙凤。但对于背负着她后半生乃至家族希望的宝贝儿子“房里人”的人选，王夫人是慎之又慎、亲力亲为的，绝不会只凭一时好恶。虽然贾母说王夫人“极孝顺我”，但王夫人在为儿子选妾这件事上自作主张违背了贾母的事先安排。她先通过独一无二的给袭人列支月薪的方式——不从公账而从王夫人自己私账上走，昭告众人，袭人与众不同，是她相中的人，再寻了个莫须有的由头，先斩后奏把晴雯驱逐了。木已成舟，贾母也只好接受了。

王夫人对袭人的考察、确立，经历了漫长的过程，而这考察，除了袭人本人抓住机会，又有踩中王夫人命门的“为着二爷好”的提议，更有王夫人自己的观察，有把袭人和其他人特别是晴雯进行比较之后的评判。晴雯的存在，凸显了袭人才是儿子侍妾的最佳人选。晴雯热烈，袭人温和。晴雯娇俏，袭人稳重。晴雯心高气傲，袭人做小伏低。

晴雯本是一等一的女孩，但是风流灵巧招人怨，正如莎士比亚的名言：“像空气一样轻的小事，对于一个嫉妒的人，也会变成天书一样坚强的确证；也许这就可以引起一场是非。”[1]

[1] 〔英〕威廉·莎士比亚著，朱生豪译：《奥赛罗》，译林出版社，2018 年。

晴雯的伶俐、能干、美丽，令她在未知未觉之中早已树敌。而袭人“笨笨的”，容貌平常、言辞木讷等等反而成了不招人嫉恨的好处，成了选才用人的“群众基础”。

群众是个中性词，既能是“乌合之众”，也有“智慧源自群众”之说，无论盲从还是理性，庸众还是智者，有一点始终是“群众”独有而“个体”匮乏的——这就是“群众的力量”。水能载舟，亦能覆舟，就是群众的力量。群众崇拜和追随英明的领袖，但是一旦领袖可能危及群众的利益，则群众又会转瞬之间将他拉下马来。莎士比亚的悲剧之一《科利奥兰纳斯》中的罗马共和国的马歇斯因为作战骁勇，拯救了城邦，被市民拥戴为执政官，但是他的傲慢触怒了市民，不久这位被尊称为“科利奥兰纳斯”的英雄就被驱逐出了城邦。书中这样说道：“忘恩负义的群众是一个可怕的妖魔。”[1]

群众可能不会轻易地给予优秀者以赞美，但是绝不会吝啬于抛出以“我听说”为开头的讥讽。晴雯被逐出大观园，直接的搬弄是非者是王善保家的。这个婆子伺候的是邢夫人而不是王夫人，几乎不进大观园，更没有机会近距离接触宝玉和他院子里的女孩们。那么她是怎么得出晴雯不守规矩的结论的呢？

人群需要领袖，也需要共同的敌人。当晴雯成为共同的靶子，吸引了明枪暗箭，袭人就得以躲过嫉恨的袭击。

[1] 〔英〕威廉·莎士比亚著，朱生豪译：《莎士比亚全集（全8册）》，中国文史出版社，2013年。

晴雯，才是袭人职场逆袭的关键人物。

王夫人最忌讳丫头带坏了宝玉，长得美，就是原罪。晴雯面容姣好，身量妖娆，又会打扮，这天然的一股风流，在保守的王夫人看来，就是天生狐媚样子，对宝玉来说就是潜在的风险，于是衬得袭人的普通样貌反而成为优点。

啊！读者简直要拍案而起！引着才十三四岁的宝玉发生性行为的，是袭人，不是晴雯。第一个“不守规矩”的，是袭人。

打发宝玉洗澡，却几个时辰才出来，搞得“满床都是水”的，是麝月，也不是晴雯。没有履行管理职责的，是袭人。

来得虽晚，却得到袭人指派夜里服侍宝玉，得以和宝玉亲昵的，是原先的正旦芳官。进一步破坏风气的，是袭人。

想凭着姣好容貌走宝玉路线谋个美差的是厨房柳嫂子、柳五儿母女，中间穿针引线的是芳官。

这一桩桩王夫人最忌惮的有伤风化，带坏宝玉的事，没有一件是晴雯做的。

美丽的女孩容易得到怡红公子的青睐，但是晴雯绝不肯私下与宝玉有肌肤之亲。非但自己行端坐正，而且她也不肯在某种意义上与别的女孩们同流合污。可是少数派从来都要遭到多数派的排挤。找不到道德上的污点，“长得美”就成了信手取之的攻击点。美则妖，妖则惑，惑则乱——王夫人的三段论简单粗暴，却大有市场。外貌羞辱并不仅仅针对长得不好看的女孩，它的实质是以貌取人，是故意忽视人的内在实质的恶意，是对“平均域”之外（无论是高于还是低于）的鲜活个体的社会规训，是对“非我族类”的忌惮和诋毁。

没有晴雯，显不出袭人的优势来。

王夫人看到晴雯教训小丫头，心里厌恶。没有晴雯，反衬不出袭人的温柔贤良来。可是，晴雯不去教训小丫头，那就是作为这个工作组组长的袭人，要担负起管理、教育、批评的职责来啊！晴雯教训小丫头对不对呢？自然是对的。她气恼小丫头眼皮子浅偷东西、也气恼小丫头基本业务能力不行——“拈不得针，拿不动线”。

对同级别的同事，晴雯点破得也很有道理。秋纹偶然得到王夫人赏赐的半新不旧的衣服，觉得很有面子，很开心。唯晴雯看不上，她锐利地指出：“一样这屋里的人，难道谁又比谁高贵些？把好的给他，剩下的才给我，我宁可不要，冲撞了太太，我也不受这口软气。”她骄傲地宣称“我宁可不要”。晴雯要的不是恩赏、不是美服，她要的是什么呢？是平等、是尊严。今天的读者会觉得晴雯的选择理所当然，但是回到她所处的时代，再到她所处的封建大宅，再缩小到她日常工作生活的一大群姑娘服侍一个公子的具体环境，晴雯的思想是超前的。然而也因为超前，她在快言快语昭告自己的价值观的同时，也得罪了欢天喜地沉浸在身为奴才的快乐里的同事们。她的清醒，刺激了麻木的同事，减损了她们的快乐。

价值观的倡导、业务能力的训导，都应该是袭人作为工作组组长的职责，但是袭人不说，她当甩手掌柜。恶人谁做了呢？是晴雯。

忠言逆耳，晴雯就是替袭人干了活、接了暗箭的背锅侠。

此外，在业务上，晴雯给袭人补了要紧的短板。老太太赏的雀金裘，嘱咐宝玉第二天访贵客要穿去。意外烧破了一个洞，满怡红院急得不得了。只有晴雯一个人有这能力。好姑娘，撑起生病发烧的身子，点灯熬油一个通宵，把雀金裘给补好了。须知如果补不回去，头一个要承担责任的，就是袭人。

晴雯对下级员工要求高，对同事怒其不争，于是衬托出袭人的宽厚体恤来。但是袭人哪里是什么特别端方的君子呢？她埋怨探春把宝玉给她送荔枝的玛瑙碟子留下了。口中说的是，碟子不拿回来显得资产管理不到位。转身，为的是慷公家之慨做自家人情——擅自把玛瑙碟子送给了自小服侍过的史湘云，还说“姑娘就留下顽罢”。以高级员工的忠诚度是不能把帽子甩给宝玉的，这说大了是欺瞒领导，说小了也是太把自己当回事了。

总之，晴雯从自身业务到员工管理，都替袭人承担了责任，更替袭人承担了骂名。一方面，因为自重自爱，而没有效法袭人和宝玉暗通款曲，另一方面，她的一双慧眼、一张利口、一

颗玲珑心，挡住了别的丫头的“捷径”，客观上替袭人直接减少了竞争对手，给袭人清了路障、移除隐患。

晴雯最是劳心劳力，却远不如袭人有人缘。晴雯是袭人的急先锋，是为袭人立了功、蒙了冤而没有得到善报的好姑娘。

不知道袭人在做了名伶夫人之后，在幸福的镜前床畔，屋里屋外，会不会偶然地想到晴雯这个替她奔出前程来却白白搭上自己性命的好姐妹?

恐怕，难。

# 4

# 凤姐的无奈

“恨凤姐，骂凤姐，不见凤姐想凤姐。”红学家这样说。

“王熙凤是当内务部长的材料。”[1] 毛主席这样认为。

“治世之能臣，乱世之奸雄。”清代的徐瀛把凤姐比作曹操。

“杀伐决断的威严、穿心透肺的识力、不留后路的决绝、出奇制胜的谐谑。”[2] 学者这样总结。

王熙凤这个角色的复杂，可见一斑。然而多数读者往往就记得一句“机关算尽太聪明，反算了卿卿性命”。曹公判词笔力太深是一个原因，还有一层原因，怕是世人对“脂粉队里的英雄”的苛刻使然。

“机关算尽太聪明，反算了卿卿性命”，让凤姐成为某种“自作自受，死了活该”的反派。可是凤姐能不机关算尽吗？她为谁而费尽心思、机关算尽呢？

[1] 董志新：《毛泽东读〈红楼梦〉》，万卷出版公司，2009 年。
[2] 吕启祥：《红楼梦会心录》，商务印书馆，2015 年。

贾政不善庶务，贾赦声色犬马，王夫人吃斋念佛，邢夫人只知婪聚财货。贾母虽有大见识，但是作为吉祥物供着的。庞大的家族内政外交事务繁多，担子却主要在凤姐一人身上。她必须有算计安排。此其一。

荣国府轻易不裁员，而且裙带关系严重，名为仆从其实是待遇优厚的铁饭碗，员工不好驾驭。凤姐作为资历尚浅的高级管理人，不费尽心思，工作安排不下去。此其二。

荣国府出多进少，由奢入俭难，削减用度做不到，所以典当这种非常手段不能明做又不得不做，贾琏请鸳鸯取老太太的宝贝换钱，凤姐则不出面躲在房内，但是每一句话都竖起了耳朵听。财务的艰难，不能不机关算尽。此其三。

凤姐特别善于承欢贾母膝下，这也是一条罪状——专会讨老太太欢心。但是她是长房儿媳妇而住在二房打理家政，却又不能一言九鼎，有王夫人和贾琏的意见要尊重，妯娌尤氏、李纨等也有嫉妒心要排挤她。她的执政身份尴尬。如果不获得贾母的喜爱和信任，凤姐的工作根本无法开展。此其四。

这些是公事上的机关算尽。私事上，贾琏感情不忠，偷纳尤二姐，偷腥鲍二家的，凤姐作为尚未给家族生出继承人的少奶奶，压力山大，作为女人不得不算计。

掌权之人的堕落和他身边人的怂恿往往大有关系。弄权铁槛寺一节，王熙凤是被老尼姑激将才揽了这脏事。三千两银子

的开价固然是有钱能使鬼推磨，更是凤姐自恃身份的价码——正如成名书家润笔绝不肯是小数一样，开价少了就失了身份。凤姐爱钱，更爱的是被人奉承、彰显权力、非我莫属的存在感。

最感叹的是，贾政被皇帝斥责之后忐忑返家，薛蟠和史家都遭了事，一家子有爵有职的男人们都只困在房内，还不如凤姐临危不乱，连夜叫来她慧眼识珠破格提拔的小红，沉稳安排托孤事宜。

凤姐之机关算尽是不得不为，但是读者因为曹公一句判词，往往不去体察凤姐之难，只是墙倒众人推，把她看作咎由自取的毒妇。为凤姐一叹。

曹公笔下，王熙凤毒设相思局，整死了贾瑞，因贾琏偷娶尤二姐而大闹宁国府，继之借刀杀人逼死了尤二姐，是又狠毒又善妒，容不下人。然而若只放大凤姐这些不足，那是把她的格局看小了。

凤姐执掌着荣国府内政，也提点着荣国府妇女路线的外交（料理秦可卿丧事期间，就有交好的王府要送去节礼、宫里元妃要送物品进去、同朝的高官夫人生日王夫人要去拜会……），凤姐头脑精明，胸中有丘壑，看得到高墙之外，方能有这一番番里里外外的妥当筹划。

更体现凤姐之大气的，是探春协理大观园那一回。凤姐对荣国府的人力资源有好一番谋划：

> “我正愁没个膀臂。虽有个宝玉，他又不是这里头的货，纵收伏了他也不中用。大奶奶是个佛爷，也不中用。二姑娘更不中用，亦且不是这屋里的人。四姑娘小呢。兰小子更小。环儿更是个燎毛的小冻猫子……再者林丫头和宝姑娘他两个倒好，偏又都是亲戚，又不好管咱家务事。况且一个是美人灯儿，风吹吹就坏了；一个是拿定了主意，‘不干己事不张口，一问摇头三不知’，也难十分去问他。倒只剩了三姑娘一个，心里嘴里都也来的，又是咱家的正人，太太又疼他，虽然面上淡淡的，皆因是赵姨娘那老东西闹的，心里却是和宝玉一样疼呢……如今他既有这主意，正该和他协同，大家做个膀臂，我也不孤不独了。”

三言两语，凤姐把各人客观情况、主观因素剖析得明明白白：探春有志向、有能力、有身份，是唯一合适的得力助手。没有格局，怎么能够看出这一盘复杂棋局里最合适的棋子呢？

更令人佩服的还在后头。凤姐特意交代平儿：

> “他虽是姑娘家，心里却事事明白，不过是言语谨慎；他又比我知书识字，更利害一层了。如今俗语‘擒贼必先擒王’，他如今要作法开端，一定是先拿我开端。倘或他要驳我的事，你可别分辩，你只越恭敬，越说驳的是才好。千万别想着怕我没脸，和他一犟，就不好了。”

这一段话，凤姐对自己的不足有自知之明：读书不多，比不上探春知书识字的更厉害一层。从来都是掐尖争胜的凤姐，在这里只有对学识的尊重，而没有嫉妒之心，这是难能可贵的，她的格局气度弥补了读书不多的狭隘。

作为长期的掌权者，她特意交代忠仆要对临时的代理总经理毕恭毕敬，也就是说要放下自己的面子，任由新代理总经理处置。为了治理大局，王熙凤对探春的行权除弊有预见，也有一把手的胸襟气度。

当然若再分析，王熙凤之所以要这样选择，不单是为了公事进展，也有私心——

> “若按私心藏奸上论，我也太行毒了，也该抽头退步。回头看看了，再要穷追苦克，人恨极了，暗地里笑里藏刀……一时不防，倒弄坏了。趁着紧溜之中，他出头一料理，众人就把往日恨咱们的恨心暂可解了。”

换句话说，凤姐深知，对探春的支持，就是对她自己最大的支持。她的心胸格局，都是给探春这把新鲜利刃上的劲。何乐而不为呢？

但是仍然要感叹凤姐之坦坦荡荡，她不待平儿猜测猜疑，自己就先大大方方承认了有“私心藏奸”。其实能有多藏奸呢？都是不得已的安排罢了。权力从来都是和谋略并驾齐驱的，没有谋划和城府，权力就会成为掌权者的幻想，还会反噬权力的拥有人。

人生尽头，凤姐在狱神庙重逢刘姥姥，临终托孤。痛悔交加的凤姐把什么都坦白了：欺孤凌弱、图财害命这些事，也是做过的……

一句话：王熙凤是个敢做就敢认的英雄。

可惜还是读书少，不能对权力掩盖下的人与事的基本规律有足够的认知，不屑于承认“多行不义必自毙”是普遍真理，身为王公贵族也受其制约。她的每一次弄权得逞都助长嚣张，助长狂妄。

而狂妄必将加速灭亡。

# 5

# 可叹邢夫人



妯娌——已婚妇女称呼丈夫兄弟的老婆为妯娌。弟兄的妻子之间就是妯娌。传统大家庭养育了男丁数人，各自娶妻成立小家庭。如果基于种种原因而没有另立门户，那么，妯娌将成为尴尬的一种亲戚关系。

妯娌的孩子们是堂兄弟姊妹，孩子们小时候一处玩儿，比较亲厚（例如荣国府三春姊妹），长大了各有去处（巴金结合自己的成长经历写就的小说《激流三部曲》里的描述），性格投缘就多相处，不投机就少来往。妯娌的丈夫们是嫡亲兄弟，打断胳膊连着筋，一奶同胞总归血浓于水，好说。嫁作人妻，丈夫的姊妹是大姑小姑，大姑姐通常早已外嫁，小姑子虽然难弄，毕竟也是要嫁人的，和嫂子碰头碰脚的时日也有限。

唯妯娌之间，难处。

各自有小家庭的核心利益，却都在大家庭治下，在主妇的视角看来，总是自己的小家庭吃了亏。妯娌的年龄通常相差不大，于是所处人生阶段也差不多。女人之间总是暗戳戳地要一争高下，谁长得好看、谁的子女聪明、谁的老公能干，甚至是谁更受公婆宠爱，都要比。

各种小心思此起彼伏，却不能说出口，偏偏还要长年累月地在一个屋檐下过着。妯娌关系之微妙，根源在此。

贾府中，有一对妯娌放在一起看，挺有意思。

那就是邢夫人和王夫人。邢夫人是贾母大儿子贾赦的继室，王夫人是贾母小儿子贾政的正妻。贾母偏爱随着小儿子住在荣国府，从黛玉入府的路线来看，大儿子虽然也在府内，但另辟个院子住着。

邢夫人和王夫人的关系怎么样呢？

从犯了戒律的绣春囊事件，不难看出来这妯娌二人的面和心不和，或者更确切地说，邢夫人对王夫人心怀怨怼。

贾母身边的傻丫头在大观园里捡到了绣春囊，被邢夫人撞见，邢夫人的反应是什么呢？

理论上，她可以：（1）事不关己，高高挂起；（2）报告贾府大家长贾母；（3）把儿媳妇、当家少奶奶王熙凤叫过来，交代她暗地查访；（4）理解“人之欲也”，悄悄地自己带回去收好，这事儿就算翻篇了。

但是她去找了妯娌王夫人，把这见不得人、有伤风化的东西直接给了王夫人。这就是摆明了要看好戏，不但要看王夫人的好戏，还要看王夫人的膀臂、内侄女王熙凤的好戏——尽管王熙凤同时也是邢夫人的儿媳妇。

邢夫人捏着了王夫人的把柄，暗戳戳地高兴。这是一种隐秘的快乐，它不为利人，可也不利己。它的目的在于害人。它不能被大张旗鼓地昭告天下，它令拥有它的人产生一种锦衣夜行的痛苦。于是，按捺不住的邢夫人更进了一步，派亲信王善保家的去找王夫人，问那件东西查得怎么样了？

邢夫人的这一做法颇可玩味。当家理内政的一把手是王夫人，“那件东西”既已给出，王夫人自会去处理，邢夫人并没有权力再去过问。而且她完全可以把这件尴尬事限定在和王夫人的“你知我知”的私密范围，可她却派了仆妇去探问，须知“法不传六耳”，又须知风流韵事最容易扩散，还须知风流韵事最容易在女人堆里扩散。被种种禁忌严格束缚的女人，特别是青春已逝，缺乏性魅力和性机会的女人，最有动力扩散别人的不伦情事，为此恨不能添油加醋。现在邢夫人把风流情事的罪证告诉给了将入老年的仆妇，那就等于说是有意让舆论发酵。

这样揪住不放和扩大事态，足见邢夫人对妯娌的怨恨。

邢夫人对王夫人的嫉恨是可以理解的：身为长房媳妇，却不受贾母重视，理家之权在二房妯娌。作为继室夫人，和王夫人的原配正妻身份，也有着微妙差别。那么各自的丈夫怎么样呢？贾赦人品远不如贾政已无需多言，单看贾政虽然是次子，

却担负着事实上的家长职责，且是阖府唯一真正在朝为官的，就可知兄弟俩有云泥之别。就和丈夫的关系而言，邢夫人只一味听从贾赦，得不到丈夫的尊重。王夫人则可以相对平等地和丈夫讨论要务。此外邢夫人作为继室，又没有生养子女，继子女与她也不亲厚，身在大族也许无须“养儿防老”，但没有骨肉至亲的情感支撑，生出了无数个孤独的漫漫长夜。再看王夫人，她不但儿女双全，而且儿女还十分出色。女儿贵为皇妃，王夫人是正宗的皇亲国戚；长子虽然早夭，但长媳出身书香门第，尤为可喜的是教子有方，孙子十分上进；次子宝玉名为混世魔王，实际上是人间仙品，是连北静王都要与其结为莫逆之交的人中之龙。至于出身，王夫人出身大族，千金小姐，亲哥哥是朝廷重臣，封疆大吏，亲妹夫是皇商，妹夫的弟弟也不是一般人，是走南闯北做生意的行商。邢夫人倒也有亲哥哥，却是拖家带口指望她接济的。凡此种种，邢夫人样样落了下风。

一个人的出身固然不能由自己选择，但后来的路能不能走宽，多半还在自己。邢夫人既然已经成为公侯府邸的夫人，已然是大大的进阶，是可以广交朋友的。

可叹邢夫人不交朋友，反而树敌。

如果说嫉恨王夫人尚且情有可原，和自己的继子继女也不和睦就匪夷所思了。对于绣春囊，王夫人的第一推断是贾琏夫妇的，则邢夫人完全也有可能这样想，但她毫不为儿子儿媳妇遮掩，唯告状要紧。迎春婚姻不幸回娘家哭诉，她想到的情感支撑不是喊作母亲的邢夫人，而是喊作婶子的王夫人，也可见邢夫人对这位自幼失去生母的苦命女孩缺乏关心。

不能与人为善的，自己往往也落不到好。物以类聚，人以群分。邢夫人为人偏狭，所以身边才有王善保家的这样心地阴暗又不知分寸的亲信。大张旗鼓地抄检大观园，为的是让王夫人丢面子，结果是自己的亲信出了事，搬起石头砸自己的脚。贾赦要娶鸳鸯，邢夫人来找凤姐商议。凤姐知道这事不妥，却不肯和婆婆交心，只把自己尽量择出来完事，没有给婆婆真正的劝阻，最后令贾母震怒，邢夫人受到好一番教训。

得道多助，失道寡助。在邢夫人的位置——地位高而又不用管事，有足够的钱又没有亲生子女需要贴补，此外，她的继子负责家族的外交、儿媳掌管家族的内务，她最有机会创造和感受“赠人玫瑰，手有余香”的幸福。然而她没有，她成为一个遭人嫌恶的尴尬人。《红楼梦抉隐》的作者洪秋蕃说邢夫人“处事则糊涂无见，待人则刻薄居心”，甚至说她“初具人形而已”。这评论闻之令人心惊，虽不无刻薄，但也切中肯綮。为邢夫人一叹。

# 6

# 王夫人的智慧



上一篇讲到邢夫人对妯娌王夫人暗戳戳不爽，好容易逮着个绣春囊，憋着坏要搞个大的，没想到搬起石头砸自己的脚，真是害人之心不可有。

邢夫人身为长房长媳而不受贾母待见、儿女尊重、仆从敬畏，从绣春囊风波可见，是她自身的见识短浅、心胸狭隘所致。

那么问题来了：品德才能都明显不足的邢氏，何以能走入簪缨世族的荣国府，成为袭爵长子贾赦的继室夫人？

高门大户惯例是长房袭爵，长媳持家。府中内政看似家事，实则和外务有千丝万缕的关系，事关整个家族的命运。贾赦不务正业、贪奢淫侈，不能承担起长子的责任。以贾赦的斑斑劣迹，一则恐怕难以求聘大家小姐做续弦，二则若真娶到大家小姐，身为长房长媳却在贾赦这一歪梁之下，定是难以秉公持家。贾赦又是极其贪财的，所以最合适贾赦的是“富而不贵”的女子。邢氏，很可能就是这样的家庭出身。小人喻于利，一个人把钱的作用看大了，就把做人的格局缩小了。

王夫人则不同。富裕自不必说，“东海缺少白玉床，龙王来请金陵王”，而且从王夫人的哥哥走科举仕途而至高级官员来看，王家也出读书种子。王夫人未出阁时行动响快，是性格爽朗、处事利落的大家小姐，嫁入贾府后则识大局，当过家，得贾母夸赞是个极孝顺的。

但是曹公笔下的王夫人，显出大家气派的时候并不多。戏剧冲突最强烈、给读者留下深刻印象的是冤死了金钏，屈死了晴雯，偏信了袭人，拆散了宝黛，委实可恶。此外，王夫人还不理解、不尊重儿子的心性才华，一味只叫他谋求世俗功名，十分可憎。虽然后来吃斋念佛，但在读者尤其是少年读者看来，也不过是自欺欺人的伪善罢了。

其实，王夫人是有颇多可取可学之处的。

只看王夫人因宝玉被打而和老爷贾政吵架这一场，就显出许多智慧。

宝玉不肖，贾政暴怒，持板狠打。一时左右都慌了，忙去报告王夫人。

且看王夫人如何劝架。匆忙穿好衣服的王夫人走进书房内，她出口的第一句是“宝玉虽然该打，老爷也要自重”。

不和盛怒之下的贾政正面硬杠，而是先肯定贾政“不同寻常”的行为是合理的——宝玉该打。

首先，这是王夫人表明自己的立场——老爷啊！我作为你太太是赞同你的，不是来拆台的。

其次，“宝玉该打”四个字听在宝玉耳中，宝玉就知道母亲原来不是来偏袒他的，就不会接着哭叫，从而进一步刺激震怒的父亲。教训儿子的中年父亲，通常都是旁人越劝，儿子越哭，他下手越狠，似乎非如此就不能体现父亲的权威。

最后，王夫人通过这句话，在儿女和仆从面前维护了贾政作为一家之主的体面，显示了对丈夫身体的关心，体现了夫妇一体的力量——夫妻同心，其利断金。大家族事务繁多，若夫妻俩不能立场一致，难免形成夫党和妻党，内部先出了问题。

当然，王夫人急切地赶来，不是给贾政喝彩，让贾政继续打宝玉的，她是来护犊子的。孩子被打得皮开肉绽，当妈的哪有不心痛的。何况宝玉还是个宝贝独苗。“宝玉虽然该打，老爷也要自重”只是王夫人的障眼法，缓兵之计。

盛怒的贾政情绪失控，于是理智失控，想用绳索勒死宝玉。王夫人的意见没有被他采纳。这时心痛不已的王夫人有没有被点燃愤怒呢？当家太太好言相劝老爷完全听不进，也于颜面有失。但是好一个王夫人，她克制了自己，没有同样发作和贾政吵起来。

她珠泪滚落，抱住贾政，要贾政停手。

贾政，暴露出人性中的弱点——迁怒于人。他叱责王夫人：

“都是你们惯的他！”

须知“子不教，父之过”，儿子不肖，第一责任人是贾政，而不是王夫人。但是王夫人并没有辩解，或者反唇相讥是贾政对孩子的教导不得法。

这个金陵望族出身的大小姐，荣国府的太太，诰命夫人，宫中贵妃的母亲，在一家大小面前，向贾政示弱了，她叫着死去的贾珠的名字哭道：“若有你活着，便死一百个我也不管了。”一边说，一边泪如雨下，哭倒在地。

这是事实，也是示弱，更是在瞬间切准了贾政的心脉。那一刻这对结发夫妻的痛苦是相通的。

贾政闻言，看着奄奄一息的宝玉，又看到一旁立着的贾环，跪在地上的贾兰，滚下泪来，长叹一声，终于丢了笞杖。

相比不成器的贾环，贾宝玉已然是个俊秀、聪明、良善的好孩子。同一个爹的两个儿子品性差异巨大，宝玉能如此自然要归功于生母的教导。

王夫人的示弱让贾政产生了共情，让他暂时脱离了暴怒的情绪，看到了事件的整体性。局面的转机由此产生。

简单的几句话，充分显出了王夫人处变不惊、慌而不乱的气度和智慧。

她的智慧还不止于此。她有后手棋：早早地派人去报告给了荣国府最高领袖贾母。一方面，她对自己能否成功劝阻贾政没有把握，另一方面，要防止贾政再次对宝玉责罚过度以致不可挽回的局面。

对于贾政来说，向夫人认错不可能，向老母亲认错，则不但不伤颜面，反而更加确立了以孝治家的优良家风。王夫人请来贾母，相当于给贾政安排了一个收手的台阶。

一场过于严苛的训子风波，被王夫人四两拨千斤地化解了。熊孩子得到了教训，丈夫保全了颜面，仆从看到了不大管事的太太的力量，夫妻间增进了理解与体恤，婆母的地位得到了尊崇，以孝治家的家风也得到了弘扬。

王夫人的智慧是值得细品、学习的。说穿了也不高深，无非是以退为进、以柔克刚。然而王夫人是在儿子哭嚎、丈夫盛怒、自己痛心的复杂局面之中，镇定心神，寥寥数语，把握局面，化解危机。普通人在心平气和时，也许可以合理应对复杂局势，但是情绪激烈往往会堵塞思路，使得语言和动作通通变形。从这个角度来说，王夫人的智慧有一部分要归功于她的情绪管理能力。

# 7

# 为什么湘云更受团队欢迎



大观园里的姑娘们，一块儿住着，一块儿玩，行动总在一处，是一种半集体生活。少女最是心思重，和谁投缘、看谁不顺眼，都是难以说清道明的事。闺阁小姐尤其面皮薄，心里不痛快也不好意思嚷嚷出来——黛玉和宝钗早期言语间的微妙嘲讽和嫉妒，曹公有多处精妙地捕捉。

曹公奇人。《红楼梦》如一本百科全书，虽然可归因于他爷爷藏书众多，结交诸多文化名流，曹雪芹从小耳濡目染，视野开阔，知识储备丰富。但是说到少女心思，曹家败落时曹雪芹不过十三四岁，一个长于大宅中的还缺乏恋爱经验的男孩子怎么就能对女生的心思摸得这么透彻呢？

第一回中，曹公就明说撰写《石头记》之目的是要为“闺阁昭传”。曹雪芹在科举无望（据红学界考证他的最高学历只不过是个拔贡），举家食粥，年过三十而贫病交加的艰难岁月里，是怎样做到在回忆起少年时温柔富贵乡里从小姐到丫鬟们

的音容笑貌之外，还发挥了文学天才的想象，加入了许许多多生动的细节，让一颦一笑、只言片语都为特定的主人公服务？

语言是一个人思维的外化。如果说眼睛是心灵的窗户，则语言是个性的外衣。中国古典小说在《金瓶梅》之前，人物的语言多苍白扁平，只起个叙事交代的作用。高中时语文课本节选《水浒传》里的名篇《林教头风雪山神庙》，课后阅读理解题要学生从一段对话中分辨哪一个是富安，哪一个是陆谦。我来来回回看了几遍，都推测不出来哪一句是哪个说的——都是坏蛋，谁这么说都合理啊！

《金瓶梅》的语言描写到达了中国古典小说史的第一个高峰，潘金莲、孟玉楼、庞春梅、李瓶儿，她们虽然都是西门庆的小妾，但她们说的话却叫人一听便知是谁。金莲爽利、玉楼沉稳、春梅志高、瓶儿柔婉……更不必说西门庆的头牌帮闲应伯爵的见风使舵、口吐莲花。

《红楼梦》从《金瓶梅》中得到许多养分。在语言上，则比后者又高出一截：不光有下里巴人的村言俚语，还有公侯贵族的雅言正声。说的话，都符合人物身份。

回到前文"少女的心思"在言语上的反映，就很耐咀嚼。

宝钗和黛玉的彼此暗含机锋就不说了，单说另一对身份相近，本性也相近的姐妹：黛玉和湘云。

身份相近是一眼可见的：在荣国府中，这两位姑娘都是半个客人；都小小年纪就失去了父母的庇护。

本性相近则需要找一找证据：

黛玉内敛，湘云外放，但是她们都极有文才和急才（详见海棠诗社和菊花诗会两回），都口齿伶俐（详见行酒令和斗嘴）。本性上一个荷锄葬花，一个醉眠芍药，都是天然纯真的少女。但是天才曹雪芹给她们在同一场景下设计了不同的语言，个性的不同得到了凸显。

史林二人第一次斗嘴，发生在湘云第一次出场，一连声叫宝玉“爱哥哥”，黛玉取笑湘云“二”“爱”不分，湘云当即回嘴“保佑着明儿得一个咬舌的林姐夫”。显然，湘云是个被树叶打了也要砸小石头回去的姑娘。

第二回合，荣国府新买了小戏子，湘云接了凤姐的话茬：“这个孩子扮上活像一个人，你们再看不出来。”便脱口而出说小戏子长得像黛玉，把黛玉给惹恼了，拂袖而去。湘云是心直而口快，黛玉则是不语胜千言。

第三回合，宝玉来劝和，没有起到开解的作用，反而被湘云又一顿抢白：偏只有她可以和你顽，我们都不配。湘云之执拗、之不肯反思、之小孩子心性，又可见一斑。

第四回合，史湘云带头张罗，聚众在芦雪广（音“眼”，即因岩架成之屋）里大嚼大吃鹿肉。这样的情景在闺阁千金的身上是很罕见的，外面正巧是雪花纷飞的天地澄明景象，两者就形成了鲜明对比。林黛玉便打趣："今日芦雪广遭劫，生生被云丫头作践了。我为芦雪广一大哭！"湘云道："你知道什么！'是真名士自风流'，你们都是假清高，最可厌的。我们这会子腥膻大吃大嚼，回来却是锦心绣口。"黛玉这一段是雅谑，是自己不能亲口吃肉而用言语参与其中的凑趣。而湘云的反应自恃才高，同时还有点上纲上线——你们都是假清高。读者常常有先入为主的印象——林姑娘小性儿，但是史大姑娘更不好惹，她的心直口快已然上升到某种程度的人身攻击了。

史林二人的第五回合较量最有意思。第六十二回，这一日是贾宝玉的生日，更兼薛宝琴、平儿、邢岫烟生日也是这一日。大观园红香圃里"筵开玳瑁，褥设芙蓉"——极好的聚餐理由。宝玉觉得光吃饭没意思，提议行令，湘云犹嫌不够热闹，提议拇战输者须得即席联句："酒面要一句古文，一句旧诗，一句骨牌名，一句曲牌名，还要一句时宪书（即历书）上的话，共总凑成一句话。酒底要关人事的果菜名。"这个酒令显然难度太高了，是个"诌断了肠子的"。湘云有此提议，自然是因为她肚里有急才，不怕玩不上来，可也少了点对小伙伴们的体谅。头一个，宝玉就说不上来。（按：以宝玉的聪明未必真不会，只是曹公为闺阁昭传，少不得拿宝玉做反衬背景板。）

于是黛玉替他解围：

落霞与孤鹜齐飞，风急江天过雁哀，却是一只折足雁，叫的人九回肠，这是鸿雁来宾。

这段酒令完全契合了要求，整体意象是孤独的、伤感的。

再看湘云的酒令：

奔腾而砰湃，江间波浪兼天涌，须要铁锁缆孤舟，既遇着一江风，不宜出行。

这段酒令起句就视野宏阔、情感豪放，正合了湘云“英豪阔大”的个性。

再看两人的酒底：

林黛玉看到榛子，沉吟一番，轻道：“榛子非关隔院砧，何来万户捣衣声。”谐音双关，“榛”“砧”用得巧妙，意象有声音、有月色（长安一片月，万户捣衣声），还蕴含着一点“我的心意你不知”的心思愁绪。但是对于听众来说，有欣赏的难度。《左传·庄公二十四年》疏“榛栗”为“妇人之贽”曰：“盖以‘榛’声近‘虔’，取其虔于事也。”则“榛子”又可谐“虔子”，即一片挚诚，忠贞不渝的意思。[1]以闺阁小姐们“些须认得几个字”“女工针黹倒是要紧的”的读书要求，《左传》不在四书五经之列，黛玉知道出处并能引用，其他人则大概率闻所未闻。

湘云呢，眼珠一转，筷子指着鸭头，大说：“这鸭头不是那丫头，头上那讨桂花油。”

这就热闹了。以侯府小姐之尊贵，前面都是曲牌古诗的雅

[1] 蔡景仙：《红楼梦诗词鉴赏》，内蒙古人民出版社，2008年。

致，末了突然来一句鸭头讨油的，反差太大。伺候尊贵小姐的丫头们本就有些娇娇脾气，这下被戏谑，不肯放过湘云。

相比黛玉行令曲高和寡的冷场，湘云的酒底通俗易懂，又有“断崖”式的修辞效果，倒是更受饭局欢迎。

史湘云醉眠芍药裀，众人见了又笑又爱，身份与行为的巨大反差，展露出少女不受礼法约束的可爱天性。因此晚间聚餐湘云的签是“香梦沉酣”——只恐夜深花睡去，黛玉说了一句：“‘夜深’两个字，改为‘石凉’两个字。”加深了众人对日间湘云醉卧花丛的美好印象。黛玉虽然顶着个小性儿的名声，其实从来没有对湘云的挑衅予以直接的反击，更没有在人前人后编派湘云的不是。反倒是湘云，有英豪阔大的好名声，却多次和人说黛玉的不是。

饶是如此，湘云在姊妹团中也比黛玉更有人气。湘云喝酒吃肉的豪气自带一团热情，醉卧花丛的憨气又显露几分天真，这些都是闺阁女儿所罕见的。行酒令突兀地以村言俗语做结，则又显得她的可亲。这样的人有趣好玩，正是最怕冷场的团队活动中需要的人。黛玉虽然也能玩儿，可是言行太雅，因而曲高和寡，不是团队活动的理想人选。

一次理想的团队活动，需要哪几个角色呢？除了事先的策划以及资金和场地的落实等等，一旦活动开始，就需要不同的角色。按照剑桥产业培训研究部前主任贝尔宾博士的团队角色理论，一个优秀团队需要包括实干家、协调者等在内的九种角色。就“寿怡红群芳开夜宴”这次团队活动而言，黛玉的文学才华出众是毋庸置疑的，但是也带有完美主义者的气质，她的敏捷和才能会对其他人产生压力，同时完美主义者的表面从容与内在焦虑也会暗暗令团队降温。而湘云兼具外交家、推进者和智多星等多重角色，随和开朗、敏捷积极、知识面广，随时向传统挑战，不拘细节、不囿礼仪，一个顶仨，由此成为团队中最受欢迎的人。

# 8

# 世家公子为什么长歪了

87 版电视剧《红楼梦》十分忠于原著，在服化道方面下足了功夫，人物角色个个符合人设，至今被奉为经典。大观园的年轻人个个俊男靓女，唯独贾环安排得獐头鼠目。贾环生母是赵姨娘，按照“娶妻娶德，娶妾娶色”的套路，贾环长相应该至少中人以上。但他却长歪了，歪极了。

且看亲爹眼里的贾环。《红楼梦》第二十三回，因元妃有话，叫弟弟妹妹们搬进大观园里住，贾政便把孩子们叫过来要嘱咐交代几句。贾政眼里，宝玉“神彩飘逸，秀色夺人”，贾环则“人物委琐，举止荒疏”。

一个人，但凡眉目间有朗阔之气的，即便五官平平，看久了也让旁人赞一声好看。若有合适的服饰加持，更显丰神俊朗。

云集晋代美男的《世说新语》记录了几位美男的风姿。嵇康，风姿特秀。见者叹曰：“萧萧肃肃，爽朗清举。”卫玠之舅，俊爽有风姿。见玠，辄叹曰：“珠玉在侧，觉我形秽！”裴楷有俊容仪，见者曰：“见裴叔则，如玉山上行，光映照人。”那么被世人看作玉人的裴楷怎么看夏侯玄呢？——“肃肃如入廊庙中，不修敬而人自敬。”这些世家子弟，有的个子瘦高，有的皮肤姣好，容貌各不相同，但是有一个共性：举止洒脱，气质脱俗。换句话说，他们被看作美男子，首先不在于五官，而在于气质。

贾环就是输在了气质上。内化于心而外化于形，贾环的偏狭、怨恨，带走了这个世家少年本应有的翩翩风度。

偏狭是一种心理和人格缺陷。心理学是这样定义偏狭的表征的：吝啬小气、斤斤计较、吃不得亏，会想方设法弥补“损失”；不能容忍他人的批评，不能受到一点委屈和无意的伤害，否则便耿耿于怀、伺机报复；一点小失误就认为是莫大的失败、挫折，长时间寝食不安；人际交往面窄，追求少数朋友间的“哥们儿义气”，只同与自己一致或不优于自己的人交往，容不下那些与自己意见有分歧或比自己强的人。凡此种种，贾环无一不中。比如他和丫头玩，输了钱却不肯给，实在是小气吝啬。蔷薇硝事件，姐姐探春好言相问，却瞬间点燃贾环的委屈和愤怒。日常不敢和哥哥宝玉、姐姐探春一起，亲厚的玩伴是丫头彩云，而就这位忠心耿耿的丫头彩云也因为贾环的偏狭而被好心当成了驴肝肺。人的情绪应当各有管道联结外部世界，以减少自我堵塞。偏狭者的情绪管道狭窄，容易被各种情绪垃圾堵

塞。到了不得不疏通的时候，则得借助外力比如钻头之类的插入，以强力拽出垃圾。而这些垃圾往往臭不可闻，令人退避三舍——有过疏通下水管道经历的人都能够想象这一画面。

可惜的是少年贾环缺少一个帮助他疏通情绪管道的外力。母亲赵姨娘非但不能疏通，反而是个罪魁，在儿子感到委屈的时候，赵姨娘不予以安慰，反而劈头盖脸骂儿子："谁叫你上高台盘去了？下流没脸的东西！那里顽不得？谁叫你跑了去讨没意思！"这是一位爱孩子的妈妈应该说的话吗？这话不巧被凤姐听到，隔着窗子——她都不屑于进屋与赵姨娘面对面交流——斥责赵姨娘，也教训贾环要有主子的气度。这原本是及时的引导，可惜凤姐态度高高在上，语气严厉，引导中的善意很难被贾环接收到，反而加重了母子俩的屈辱感。至于同胞姐姐探春，庶女的敏感和自保让她在情绪激愤的情况下脱口说出"我只有一个兄弟就是宝玉"，这样的话肯定传得极快，必定伤了贾环的心。

所以贾环是个可怜的孩子啊。

偏狭的人格日复一日，堵住了他的心灵。于是他看不到作为贾府少爷的基本面：一流的教育机会、稀缺的阶级资源、优渥的物质条件，以及亲姐姐和异母哥哥的有趣有品的朋友圈。这些原本都是上天放到他面前的机会。世间有几个人能得万般宠爱于一身呢？就算有，也往往夭寿。偏狭性格的人，最需要通过扩大朋友圈来将自己解救出来。禅语说“见自己，见天地，见众生”，通过和各种各样的朋友交往，偏狭者能够观人察己，通过观察别人的言行来对照自己的言行，是反思和进步的捷径。再进一步，逐渐意识到世界之趣味乃在于人的参差多态，就能够对自己看不上的一些行为予以理解和宽容。而宽容，受益的不仅仅是被宽容的人，还投射到宽容者本身。再之后，见到天地之大，悟道天地轮回，沧海化作桑田，今日自己一具肉身无非宇宙中的一粒尘埃，何必纠缠介怀，有何不可放下？人间一遭数十年，生于何时、生于何家均非自己所选，何时而死、何地而死也有种种变数，唯一能自我做主的便是从生至死的数十年。想到这一层，怎能不放弃小利纠结，抓紧时间旷达地过好一生呢？

因为狭隘，放大自己的委屈，他也因此看不见即使是同阶层的少爷也有人比他惨：侄子辈的贾兰，年幼失怙，寡居的母亲深居简出，是花团锦簇大观园里的边缘人。同辈的贾瑞更是大宅里的贫户。

片面的怨恨使得贾环错误归因，一切都只因“我不是太太养的”。他看不到贾瑞之死是咎由自取，也没看到贫穷的贾芸奋发图强而改变命运。这些互为参照的身边实例，都没有进入到贾环的心智世界。

总之，贾环长歪了，固然有出身不利的因素，但是最根本原因还在于他自己的偏狭。

作为参照，贾芸家世远不如他，父亲早亡，舅舅奸吝。贾芸受的气可比贾环多多了：亲舅舅势利眼不肯救济他，还对他好一番数落，亲舅母身为香料铺老板娘却在外甥面前装没米下锅，他沮丧地逃离舅舅家，迎面又被醉汉撞了。但是这时候贾芸显示出极好的修养：他没有借此发泄不快，反而体谅对方是个醉汉，主动道歉。

这一道歉展现了贾芸的心胸风度，贾芸由此迎来艰难命运的第一个转机——得到了醉汉的仗义疏财、雪中送炭。由此，贾芸在人情凉薄中找到一条生计，先是顶门立户，后来则知恩图报。相由心生，曹公笔下的贾芸相貌是“长挑身材，年纪只好十八九岁，生得着实斯文清秀”，从这个意义上说，贾芸是贾环异质同构的双写。

贾环和贾芸，一个是放大自己遭受的不公，由此丢弃了更多更大的好牌；贾芸则是小处不计较，从而获得援手，之后开始逆天改命。心窄，宽路成窄路；心宽，狭路成通途。

# 9

# 贾政是个好爸爸

一说到宝玉和贾政，最先涌到眼前的就是儿子被老子暴揍丢了半条命的那一场景，其次便是贾政呵斥宝玉卖弄才情，然后便是曹公笔下的“宝玉畏父如虎”。这三处一打一骂一畏，很容易让读者觉得贾政不是个好父亲。

果真如此吗？经典名著的魅力之一在于常读常新。作者在繁复情节里暗藏的草蛇灰线、曲笔隐语，需要读者经过一读再读，辅之以自己不断增加的人生经验，运用自己逐渐深入的思考能力，在某一个偶然的时刻，侦探、心理师、画家、教师乃至传教士等多种身份附体，突然顿悟，到这时，那个从未谋面的几百年前的作者浮现出来，捻须颔首说道：“知我者君也。”经典之所以为经典，需要作者的“退场”和读者的“登场”，需要作者和读者的合谋。

对于贾政作为父亲的画像就需要这样一个过程才能完整描绘。

父子俩同时在场给人印象最深的虽然是第三十三回《手足眈眈小动唇舌　不肖种种大承笞挞》，但他们待在一起时间最长的却是第十七回《大观园试才题对额》，这一回是建筑美学和古典诗词美学的综合体现，洋洋洒洒、景随步换，宝玉的敏捷才思出类拔萃，到最后贾政呵斥儿子："你还不去？"宝玉巴不得早点逃离，坐实了宝玉的"畏父如虎"和贾政的不近人情。

这样的铺排很容易令人忽略贾政的内在。

曹公很有意思，他设计了父子俩在大观园的相遇是真正的"不期而遇"。

宝玉听贾珍说父亲马上就要进园，是要忙不迭回避的，可是偏偏怕什么来什么，出去的路上被父亲"发现"了。我们可以想见宝玉此时脑子里闪出一句："糟了！"又懊恼、又害怕、又不得不分外打起精神作出恭谨的样子。

父子俩不期而遇，贾政考校儿子才学是临时起意，却不是平白无故。

曹公有文：贾政近因闻得塾掌称赞宝玉专能对对联，虽不喜读书，偏倒有些歪才情似的，今日偶然撞见这机会，便命他跟来。

贾政工作繁忙，不大见到儿子，但是在关心着儿子的功课——他是向校长专门做过了解的。儿子应试没兴趣，但是有偏才。给大观园各处景致题匾额就是个很难得的既考察儿子水准，又学以致用的机会。而且，此时在园内的除了贾政自己，还有众多清客文人，都可以评点指导儿子。父亲拳拳之心可感。

现在我们跟随父子俩的观赏路线来看他们的互动。

1. 山墙：父命作来——子答："曲径通幽处。"——众赞——父笑道："不可谬奖！"

2. 亭：清客作"翼然"——父自作"泻玉"——清客赞妙——父拈髯寻思——笑命——子答："莫若'沁芳'二字，岂不新雅！"——父拈髯点头不语——清客赞——父道："匾上二字容易。再作一副七言对联来。"——子作对联——父点头微笑。

3. 竹馆：子作对联。

4. 村：子抢答："杏帘在望。"——众人"杏花村"——子冷笑道："不如'稻香村'妙。"——父一声断喝："敢在老先生前卖弄！"

5. 蘅芜苑：子作对联"吟成豆蔻才犹艳，睡足荼蘼梦也香"——父笑道："这是套的'书成蕉叶文犹绿'，不足为奇。"——清客赞妙——父又笑道："岂有此理！"

6. 见到海棠：父道："这叫作'女儿棠'。"——子解释为什么叫女儿棠。

7. 跟到书房：父喝道："你还不去？难道还逛不足！也不想逛了这半日，老太太必悬挂着。快进去，疼你也白疼了。"

至此，大观园的现场考校告一段落，贾政对宝玉的言语表情是一命、一笑、二笑（命）、三点头笑，正是子敏父慈、其乐融融之际，突然来一声断喝，这正是文似看山不喜平，后又接四笑、五笑、六喝。其中五次“笑”得慈爱欣慰，两次“喝”得正色威严。

贾政对儿子的才能从将信将疑到出乎意料，和儿子的交流层层递进又异峰突起，妙趣横生。文笔之外，如果我们细细体察，就能看到更重要的内容，那就是：贾政对儿子的教育是贯穿全程的、从文才到性格全方位的。贾政在“亭”体现了对儿子的“不耻下问”，在“村”及时严正告诫儿子戒骄戒躁，他自己则全程示范了对清客的谦和有礼（按：完美对应上了开篇林如海对贾政的评价）。学问上，他否定了“翼然亭”“武陵源”这种死板借用，赞许了活用化用，也就是提倡不读死书，要有自己的想法。修养上，在潇湘馆，他引导了“月夜坐此窗下读书，不枉虚生一世”的精神追求，在蘅芜苑，他教导了“煮茶操琴，亦不必再焚名香”的君子节制，还表达了对稻香村自然主义的向往。

可以说，在这偶然相遇的大观园试才的个把时辰里，贾政很好地履行了作为父亲言传身教的职责。

贾政“自幼酷喜读书”，想的是走科举入仕的正途。但是皇帝体恤先臣，让他承祖荫走捷径直接做了官，这份额外的荣宠，正是硬币的正反面。固然省却了科举之苦，可也因此进不了“进士出身”的同侪朋友圈，贾政未免心中郁郁又不可明言，这就是“所有命运赠送的礼物，早已在暗中标好了价格”。贾政寄希望于儿子们通过走科举正途入朝为官，也好多些“不靠祖荫靠自己”的底气。作为一个父亲，对儿子们从严要求有什么错呢？出身豪奢之家而能教导儿子勤学修身，比溺爱孩子的父亲强多了。

后来的贾政，看到了儿子的特长和爱好，不再苛求他实现父辈的科举愿望，还做通了妻子的思想工作：儿子聪明，品德也好，随他去吧。

不单对贾宝玉尽到了父亲的教导责任，对庶子贾环、孙子贾兰，贾政也借父子同作姽婳词因势利导，把贾兰、贾环叫来，希望他们俩向宝玉学习，博览群书而不囿于俗套，作出清新而有气度的好诗。

贾政和儿子宝玉微妙的父子关系部分需归因于贾政和他的父亲——也就是宝玉爷爷的相处模式。宝玉挨了打，老家人赖嬷嬷就直言：“你爷爷当年教训你父亲更严厉。”家长制和父权在大家族里如钢似铁，虽然可能有利于维护大家族的家风不堕，但同时也极容易压制少年人的自由心性。而当少年成为父亲，最便利的父子相处方式就是沿袭他和他的父亲的相处模式。特别是当他自己成长为主流社会所赞赏的正人君子时，那么他就会认为父亲当年对他的教导是成功的，于是复制他和父亲走过的路就是他和儿子要走的捷径。另一方面，当男人处于某种中年危机，他对确证自己能力和权威的愿望就更为迫切。贾政这样个性持重的中年男人，可想而知不善于和孩子亲昵相处。

亲密关系的缺失在孩子进入青春期后会呈现三种分叉：一种是出于隔膜的敷衍，一种是出于恐惧的逃离，还有一种是出于自信的挑战。少年宝玉对于父亲主要是第二种—— 害怕父亲，千方百计躲着父亲。《大观园试才题对额》一回，最初撞见父亲可谓“狭路相逢”，之后宝玉的身体语言揭示了父亲的不同态度对他造成的直接心理影响和行为改变。宝玉开始是唯唯诺诺跟在父亲身后，父亲命令他题额作对，他才敢说话；得到父亲赞许后，不知不觉亲近了父亲，走在了父亲身边，敢于不经过父亲下令就直接表达反对意见；被父亲呵斥后吓得退开了，又一次疏离了父亲。宝玉的心理变化隐藏在作者细微的笔触之中，非细读文本不可察觉。宝玉和父亲的身体距离，需要从贾政的微小动作中判断：贾政开始是“回身问宝玉”，后来是“目示宝玉”，之后生气呵斥宝玉，吓得他退了两步。在短短一两个时辰的现场教学里，宝玉对父亲的心态经历了害怕—无奈—高兴—亲昵—勇敢—兴奋—惊吓—疏离—逃离—解脱的过程。贾政明明是很满意儿子的文才的，也赞赏儿子杂学旁收的学习方法，肯定他的好奇心，却还是不能忘记高高挥舞起父权的大棒。明明体察到儿子的不安，在他身边陪同着的度秒如年，发令叫他退下，可这样的善意却又要用呵斥的口吻来表达。一个好父亲的良苦用心，偏要诉诸愤怒，今日之读者看来，不能不为贾政感到悲哀。

少年人往往要自己成为父亲之后才体会到父亲的用心和无奈。全书结尾，长大成人的宝玉出家前对父亲四拜而别，可以说是对为父为子的深察了。

# 10

# 刺玫瑰的怒与笑



吵架是俗事，村言俚语在情绪激动之下滚滚而出，所谓口不择言。

大家闺秀生活优渥、言行雅致，似乎与吵架隔着十万八千里。但是探春，这个曹公最偏爱的贾家三小姐，却有三次吵架。先说一下探春的整体风格。

第一个是“不俗”。出场亮相就是“顾盼神飞，见之忘俗”。为什么海棠诗社是探春发起的？因为探春“不俗”。托宝玉从外面带新鲜玩意儿，特别交代要那“朴而不俗，直而不拙”的。屋子里书香浓郁，迎春来时随手一抽就是一本诗集。笔筒里毛笔如林。大丫头名叫侍书。

再一个，探春大方。南安太妃来了，老祖宗想了一想，只叫三姊妹里的探春出来见客——注意，有大智慧的老祖宗是先“想了一想”，再“只”叫探春出来见贵宾。探春的大方气度，是被老祖宗看在眼里，记在心上的。贾赦逼鸳鸯为妾，老祖宗

气糊涂了冤枉王夫人，大家都吓坏了。只有探春大大方方走进屋内笑着说了一句：“大伯子要收屋里的人，小婶子如何知道？”探春的大方，是聪敏和坦荡的结合，也侧面说明了她和贾母比较亲昵，敢于直言以犯“龙鳞”。

第三个，探春志高。她说过只恨不是男儿身，出不去园子，要不然也是要做一番事业的。发起海棠诗社的邀请书里，写给宝玉的就是“孰谓莲社之雄才，独许须眉；直以东山之雅会，让馀脂粉”，看了不由叫人赞叹这少女的胸襟格局。

这样一个最不俗的大家千金，怎么会吵架呢？而且三次里头有两次是她积极开战的。

吵架，是非常高级的生存技能。

生活里总有被踩到痛脚而愤怒的时候，又不能心平气和地讲道理，因为讲道理有时候是没有用的，这才有“秀才遇到兵，有理说不清”这种质朴真理。《圣经》说有人打你右脸、连左脸也转过来由他打。高僧说不要理他。文人说躲进小楼成一统，管他冬夏与春秋。这些都对，然而吵架有时候不只关乎个人修养，它有时候关系到一件事情能不能正常解决，社会公平有没有得到维护。因此有时候吵架是必须的。

探春最著名的一段吵架，毫无疑问当属第七十四回《惑奸谗抄检大观园　矢孤介杜绝宁国府》。探春和奉王夫人之命而来的大观园风纪检查小组来了个全面开战。对当家少奶奶、嫂子王熙凤一开始就明知故问、言语锐利，始作俑者王善保家的竟越过众人向前掀起探春的衣襟想要搜查，没想到惹怒了探春，被探春眼疾手快地劈面一个大耳光。之后是那段著名的怒斥，洋洋洒洒，酣畅淋漓，情理俱在，威风凛凛。讽刺、正言、反问、打耳光、断喝、怒斥、痛诉、感叹，最后让小丫鬟开骂——也就是不要顾及风度，怎么难听怎么骂。整个过程探春牢牢占据上风，充分体现了吵架的艺术。因为情绪激烈，场面火爆，效果拔群，“批评”一词都显得过于温柔了。

所以抄检大观园这一回，定性还得是：探春骂人艺术欣赏。那么场面平和一些的“批评”有没有呢？

有。在抄检大观园这一回的序幕，也就是第七十三回《痴丫头误拾绣春囊　懦小姐不问累金凤》，探春仗义出手，对欺负迎春的奸诈仆人进行了好一番教训，环环相扣，步步紧逼，使得坏仆人先偷盗，后耍赖并欺负主子的计划破产，化解了一场潜在的危机。这一环节，值得分析一番。

曹公写大观园女子，多用一个字来形容。晴雯是“勇”，《勇晴雯病补雀金裘》；凤姐是“辣”，“南省俗谓作‘辣子’”；湘云是“憨”，《憨湘云醉眠芍药裀》；香菱是“呆”，学诗作诗有一团认真而专注的呆气，但是身处险恶完全不能自保；龄官是“痴”，《龄官划蔷痴及局外》；迎春是“木”，作诗也不会，做小姐也不会，是个“二木头”……探春呢？是“刺”。

刺玫瑰。

刺尖向外，招惹到了它，是要扎人的。第七十三回中探春就显示出了带刺的一面。堂姐迎春的累丝金凤被仆人偷出去典当了，狡诈仆人还倒打一耙埋怨迎春。迎春懦弱，说要是上面查问起来就自己担着说丢了，随后躲进《太上感应篇》里——我不知道，我不听，我不管，这个麻烦事就不存在。

但是探春，看不下去了。

> 探春笑道："我才听见什么'金凤'，又是什么'没有钱只和我们奴才要'，谁和奴才要钱了？难道姐姐和奴才要钱了不成？难道姐姐不是和我们一样有月钱的，一样有用度不成？"司棋绣桔道："姑娘说的是了。姑娘们都是一样的，那一位姑娘的钱不是由着奶奶妈妈们使，连我们也不知道怎么是算帐，不过要东西只说得一声儿。如今他偏要说姑娘使过了头儿，他赔出许多来了。究竟姑娘何曾和他要什么了。"

第一回合：抓重点。探春知道事关金凤，但是她不多问金凤怎么了，而针对"主子向奴才要钱"连续质问。一个设问，两个反问，直指要害，"主子向奴才要钱"是没有事实根据的瞎编。

> 探春笑道："姐姐既没有和他要，必定是我们或者和他们要了不成！你叫他进来，我倒要问问他。"迎春笑道：

“这话又可笑。你们又无沾碍，何得带累于他。”探春笑道：“这倒不然。我和姐姐一样，姐姐的事和我的也是一般，他说姐姐就是说我。我那边的人有怨我的，姐姐听见也即同怨姐姐是一理。咱们是主子，自然不理论那些钱财小事，只知想起什么要什么，也是有的事。但不知金累丝凤因何又夹在里头？”

第二回合：以退为进。是不是我们和他们要了呢？要问问。各人的仆人各人管，现在探春要管别人的仆人，得有个说法。

果然迎春觉得“可笑”。

探春指出共同点：我和姐姐都是主子，她说姐姐就是说我。

至此，探春的查问，师出有名了。剑指核心：金凤问题。

那王住儿媳妇生恐绣桔等告出他来，遂忙进来用话掩饰。探春深知其意，因笑道：“你们所以糊涂。如今你奶奶已得了不是，趁此求求二奶奶，把方才的钱尚未散人的拿出些来赎取了就完了。比不得没闹出来，大家都藏着留脸面，如今既是没了脸，趁此时纵有十个罪，也只一人受罚，没有砍两颗头的理。你依我，竟是和二奶奶说说。在这里大声小气，如何使得。”这媳妇被探春说出真病，也无可赖了，只不敢往凤姐处自首。探春笑道：“我不听见便罢，既听见，少不得替你们分解分解。”谁知探春早使个眼色与待（侍）书出去了。

第三回合：奸诈仆人见势不妙来说谎掩饰了。探春说了三句话，含着好几层意思。

第一句：你犯规了，赎回金凤也是要求情开恩的。

第二句：事情没有败露，别人还可以不告发做人情。事情败露了，你自己的锅自己背，别存着法不责众的妄想。

第三句：抓紧去求管理者。再出言不逊瞎嚷嚷，是不行的。

说话听音，这媳妇“被说出真病”，谎言被戳穿了，但是没有胆子去向管理者自首。

之后，平儿来了。从上文可知，平儿并不是凭空一阵风刮来的，而是探春让心腹去特意叫来的。

> 探春见平儿来了，遂问：“你奶奶可好些了？真是病糊涂了，事事都不在心上，叫我们受这样的委屈。”平儿忙道：“姑娘怎么委屈？谁敢给姑娘气受，姑娘快吩咐我。”当时住儿媳妇儿方慌了手脚，遂上来赶着平儿叫：“姑娘坐下，让我说原故请听。”平儿正色道：“姑娘这里说话，也有你我混插口的礼！你但凡知礼，只该在外头伺候。不叫你进不来的地方，几曾有外头的媳妇子们无故到姑娘们房里来的例。”绣桔道：“你不知我们这屋里是没礼的，谁爱来就来。”平儿道：“都是你们的不是。姑娘好性儿，你们就该打出去，然后再回太太去才是。”王住儿媳妇见平儿出了言，红了脸方退出去。

第四回合是探春和平儿合演的双簧。

探春先问凤姐身体怎么样，但这只是为了引出小姐受了委屈，根子在于管理者病中失职。

那么管理者必须查问明白，也好撇清自己。这一问把坏仆人吓得不轻，急着要辩白。

但是被平儿义正词严地阻止了。话语权是很重要的！

> 探春接着道：“我且告诉你，若是别人得罪了我，倒还罢了。如今那住儿媳妇和他婆婆仗着是妈妈，又瞅着二姐姐好性儿，如此这般私自拿了首饰去赌钱，而且还捏造假帐折算，威逼着还要去讨情，和这两个丫头在卧房里大嚷大叫，二姐姐竟不能辖治，所以我看不过，才请你来问一声：还是他原是天外的人，不知道理？还是谁主使他如此，先把二姐姐制伏，然后就要治我和四姑娘了？”

第五回合与其说是探春和坏仆人交锋，不如说是和管理者交锋。探春先是简明扼要地概述案情，注意用词：仗着、私自、捏造、威逼，一个词比一个词严重。

然后探春连发两问，第一问是：她不用受大观园法纪约束吗？她不知道大观园法纪规定吗？不知道规定，那就是规定没有宣贯到位。

第二问更厉害：她作恶是有靠山的吗？要制服的是小姐，那么根据“敌人的敌人就是朋友”这一朴素道理，受益的就是要制服小姐的人，那不就是管理小姐们的凤姐吗？

所以平儿只有“忙”赔笑道。

> 平儿忙陪笑道：“姑娘怎么今日说这话出来？我们奶奶如何当得起！”探春冷笑道：“俗语说的‘物伤其类’，‘齿竭唇亡’，我自然有些惊心。”

这是第六回合。平儿辩解，意思是探春的指责过分了。

探春此时一改“笑”为“冷笑”，并再次指出了她出手管这事的正当理由：物伤其类。我管这事，一来因为是我姐的事，我姐和我是一体的；二来如果不把堂姐的恶仆教训好，贾府其他小姐屋里也会冒出此等恶仆来。

累丝金凤事件，探春仗义执言，头脑聪敏，言语厉害，自持身份。先是戳穿恶仆的谎言，然后警告恶仆耍赖的后果，再之后用言语相激，促使管理者履职，整个过程环环相扣，步步紧逼，张弛得当，教训了恶人，树立了权威，肃清了风气。

曹公借书中人之口把探春比作一朵“刺玫瑰”。玫瑰者，既笑靥如花，又尖刺向外。探春在抄检大观园时保护自己，直陈利害，骂得痛快淋漓；在帮助堂姐整饬家贼时，逻辑严密，步步紧逼而又时时带笑（时机合适就冷笑）。探春的聪敏才学、大方气度，在遇到棘手事件时，自然而然转化成或骂或笑，这才是大族小姐的修为。

# 11

## 言不由衷的贵妃

元春，贾府四千金中的大姐，贾政和王夫人嫡出的第二个孩子，宝玉的同胞姐姐，贾母的长孙女。这是平民社会视角下的一个骨肉至亲。

元春，宫中的女官，皇帝的妃子，曾得皇帝眷顾出宫省亲赫赫扬扬、在四十三岁壮年去世膝下孤清。这是宫廷皇权视角下的一个君主。

君君臣臣，身份上的鸿沟不可跨越，对立的双重角色集于一身，由此造成了元春的困境，作为亲人和作为君主，元春都不能直抒胸臆。

元妃少女时“因贤孝才德，选入宫中作女史”，至第十六回“晋封为凤藻宫尚书，加封贤德妃”。既在深宫，《红楼梦》情节的主要场域贾府，元春就不能在场。曹公对元妃这一人物的塑造主要是通过一系列的语言及相伴随的微小肢体语言来进行的。

本篇从元妃省亲一节，剖析元春在双重身份束缚之下的语言表达，体察她的贤德，也体察她凤冠霞帔之下暗藏着的无奈。

贾府大兴土木、花钱如海建造了省亲别墅，至夜，元妃抵达。曹公写道：“且说贾妃在轿内看此园内外如此豪华，因默默叹息奢华过费。”这是元春省亲的第一句话。这时元春还没有真正进园，仅是满园的灯烛璀璨就已经让她作此感叹。

这感叹是事实，也是一种轻微的批评。“贤德妃”之贤德，一出场就已带出。游园查看各处牌匾，元春把华丽高蹈的“天仙宝境”换为了务实诚恳的“省亲别墅”；把明示皇妃身份的“有凤来仪”换成了“潇湘馆”。至看完整个园子，一处处铺陈不一，一桩桩点缀新奇。元妃极加奖赞，又劝：“以后不可太奢，此皆过分之极。”元妃的大观园之巡视，以“奢华过费”开题，以“不可太奢，此皆过分之极”作结，显示了她不凭君主身份以奢为贵，反而切实奉行俭以养德的贤淑操守。

这一层，是元春作为皇妃对臣下的劝喻。

看完园子进内宅，元春心中想要的是归家小儿女的平民身份，但是实现不了。

> 至贾母正室，欲行家礼，贾母等俱跪止不迭。贾妃满眼垂泪，方彼此上前厮见，一手搀贾母，一手搀王夫人，三人满心里皆有许多话，只是俱说不出，只管呜咽对泣。邢夫人、李纨、王熙凤、迎春、探春、惜春等，俱在旁围绕，

垂泪无言。半日，贾妃方忍悲强笑，安慰贾母、王夫人道："当日既送我到那不得见人的去处，好容易今日回家，娘儿们这时不说不笑，反倒哭个不了，一会子我去了，又不知多早晚才能一见！"说到这句，不禁又哽咽起来。

先是，元春想要行"家礼"，家里人却受不起，连德高望重的老祖宗、亲奶奶贾母，都要用下跪的方式来阻止她。

之后，拉着奶奶和妈妈的手，有话却说不出。固然是久久不能相见情绪激动，更因为人多眼杂，皇家规矩，怕言多必失，只好不说。元春这时不能做直抒胸臆的家中女儿，她得时刻谨言慎行，记着自己的皇妃身份。

好久之后，元春开言："送我到那不得见人的去处。"这句话听了叫人撕心裂肺。皇宫禁苑啊，元春轻易能见到谁？血脉至亲没有皇帝恩准是不得见的，在朝为官的父亲要避嫌"干涉朝政"是不能见的，九五至尊的皇上，就算圣眷正隆也是不容易见的。后宫从来事关前朝，哪一位妃子处去得勤了，前朝难免会生事端；即便无干朝政，只是单纯地喜欢这个妃子，也要被批评耽色误国。更别提皇帝不喜欢的情况下，后宫佳丽三千，"有不见者，三十六年"，正可谓玉颜不及寒鸦色，犹带昭阳日影来。

元春少女时期选入宫中，她二十多岁时封妃（从她年龄比贾珠小、嫂子李纨此时是青年妇人推断），事业已属顺遂，可见其有才有德。问题是有才有德，可以获得皇帝尊重，却未必得到爱怜。曹公写她四十三岁薨逝，那么侍奉皇帝有二十多年，却没有孕育过一个孩子，也实在是很难说她得到皇帝的喜欢，时时勤探看。

再推想一层，贾家太祖是以军功起家，是武将。天下承平，江山稳固，皇帝对武将的感激涕零就难免不转化成心存忌惮，选个武将之后入宫为妃，往好了说是天恩浩荡，往坏了想，未必不是押个人质——尽管到了元春祖父这一辈，军队里的官职只是个虚衔。

元春这一句感叹——“送我到那不得见人的去处”，是作为普通人的性情冲破了藩篱，这一刻她是贾家的女儿，是向骨肉至亲的倾诉，尽管克制着，让自己带着笑，但她的幽怨无奈，作为亲人不会不体察。

之后和父亲的长长对话中夹杂着家中女儿和朝堂君主的双重身份。

> 元妃又向其父说道：“田舍之家，齑盐布帛，得遂天伦之乐；今虽富贵，骨肉分离，终无意趣。”

元春的第一句话，是说给亲人的无奈感叹，是心中所思、口中所言。然而这一家常言语、人伦之叙马上被父亲中止了。

> 贾政亦含泪启道：“臣草芥寒门，鸠群鸦属之中，岂意得征凤鸾之瑞。今贵人上锡天恩，下昭祖德，此皆山川

日月之精华，祖宗之远德，钟于一人，幸及政夫妇。且今上体天地生生之大德，垂古今未有之旷恩，虽肝脑涂地，岂能报效万一！惟朝乾夕惕，忠于厥职。伏愿圣君万岁千秋，乃天下苍生之福也。贵妃切勿以政夫妇残年为念。更祈自加珍爱，惟勤慎肃恭以侍上，庶不负上眷顾隆恩也。”

长篇大论，贾政主要是感恩颂德，是作为臣子而不是作为父亲说的话。只有到了最末一句，贾政流露出父亲的一面：不要记挂你的父亲母亲，要自己爱惜自己。

就这寥寥数语，末了还是落到了不负皇恩的臣子职责上面。正确是正确极了，无趣也是无趣极了。

元春还能说什么呢？贾妃亦嘱以“国事宜勤，暇时保养，切勿记念”。

语言是身份建构的一部分，什么样的场合什么样的身份，怎样说话才能得体，是人的必修功课。动物不受教化，兴之所至，大呼小叫，手舞足蹈。人类自从开蒙识字，就得“像个读书人的样子”。是学习越多，受的戒律就越多，不能直抒胸臆的情形就越多。身居高位，困于深宫，一言一行都在明处，失当就会致祸。元春的贤德固然源于她从小所受的良好教养，也是到了皇宫后不得不如此的自保。偶然的一次回娘家，她的双重身份交错而不能真正互换，所以造成她言语上的矛盾：既要正确，又要知心；既要宏大，又要体贴。

言不由衷的省亲匆匆结束了，这与元妃满心的期待大相径庭。太监请驾回銮，“元妃不由的满眼又滴下泪来，却又勉强笑着，拉了贾母、王夫人的手不忍放，再四叮咛”，可是，又还能叮咛些什么呢？难道能像湘云对宝玉的叮咛“便是老太太想不起我来，你时常提着打发人接我去”这样直来直去？还是能像紫鹃叮咛黛玉“趁早儿老太太还明白硬朗的时节，作定了大事要紧”那样贴心贴肺？她能说“母亲你要经常来宫里看我，我一个人太寂寞冷清了”吗？她能像迎春那样回贾府哭诉所嫁非人吗？

她能叮咛的，最多是叫心爱的弟弟宝玉求上进，请老祖母保重，要一大家子不要再那么奢侈。

省亲，与其说是让元春回家感受家庭的温暖，不如说是显示皇权威严，天黑透了才来，没几个小时就要回宫，天伦之乐在皇权面前，不值一提。

被束缚的人，没有表达的自由。

# 12

# 凤姐为什么哭了



一说到凤姐，人们脱口而出的多是“狠辣”“精明”，同时脑子里回荡着凤姐的各种“笑声”——从一出场的“这些人个个皆敛声屏气，恭肃严整如此，这来者系谁，这样放诞无礼”的放声大笑，打趣开解宝黛二人误会怄气的善意取笑，过生日被众星拱月奉承吃酒的得意欢笑，担任大观园小姐们海棠诗社监社心知肚明的爽利谈笑，以及化解老太太因鸳鸯事件而震怒的机智逗笑，凤姐其人其声，总是花团锦簇、轰轰烈烈。直到第七十一回，这个精明强干、无往不胜的巾帼丈夫，却哭了。

这哭，不是因贾琏偷腥，小夫妻吵架，她趴在老太太怀里说着“老祖宗救我”的撒娇之哭，不是因贾琏偷娶尤二姐，她闹上宁国府，对着尤氏又骂又哭的撒泼之哭，也不是面对王夫人因绣春囊而对她怒气冲冲责问的急于辩白的惶急之哭。伤心流泪因何而起呢？最直接的原因是她婆婆邢夫人借着为两个犯了错的婆子求情而对她当众讥讽的一段话。

邢夫人直至晚间散时，当着许多人陪笑和凤姐求情说：“我听见昨儿晚上二奶奶生气，打发周管家的娘子捆了两个老婆子，可也不知犯了什么罪。论理我不该讨情，我想老太太好日子，发狠的还舍钱舍米，周贫济老，咱们家先倒折磨起人家来了。不看我的脸，权且看老太太，竟放了他们罢。”说毕，上车去了。

这段话乍一看是赔笑求情，邢夫人当众给足凤姐面子，实际上是笑里藏刀，刀刀见血。当着许多人，作婆婆的不喊儿媳妇名字而是自降身份喊她“二奶奶”，说她把两个“老”婆子捆了，又说自己在儿媳妇面前是没有分量的，抬出老太太凤姐才会给面子。而且说完就上车去了，根本没有给凤姐当着众人解释的机会，凭空倒下四盆污水：

第一盆，媳妇不尊重婆婆，不孝；

第二盆，治家严苛，不善待下人，不善；

第三盆，不顾大局，小题大做，不敏；

第四盆，行事只奉承贾母一人，不正。

这里须得补上一段前情：贾母八十大寿，贺客众多，送礼的从七月初开始就络绎不绝，贾府议定于七月二十八日起，至八月初五日止，宁荣两处，齐开筵宴。宁国府中单请官客（男宾），荣国府中单请堂客（女眷）。于是尤氏这几天就不回东府，白天待客，晚间陪伴贾母，又帮着凤姐料理一些器皿分配的事务，晚上住在稻香村李纨那儿。七月二十八日是筵席第一天，晚上尤氏饿了，出得贾母房门去寻吃的，来至园中，发现还有许多彩灯燃着，旁边也没有值守的人，这就平添了火灾隐患，于是叫贴身小丫头去传管家的女人来说事儿。好巧不巧，两个婆子不但不来，话还难听，大意是东府的主子有事就叫东府的去，支使不着我们。尤氏作为诰命夫人、大宅女主人，履行管理职责不成，还被仆妇抢白，当然心头不快。她原本是打算和凤姐私聊，可是气愤的小丫头当众说的话被周瑞家的听见了，这位善于巴结各房主子的周妈妈，就去向凤姐打了报告。凤姐既听说了，不能不有所表示。

我们来看看凤姐的处理意见：

第一，这不是大事。第二，两婆子得罪了东府奶奶，那就把这俩交给东府奶奶发落。第三，过了这几日再办。

平心而论，凤姐的处置是十分妥当的，抓住了要害和核心人物，面子里子都顾及到了，而且交代了“过了这几日”，也就是说等到老太太寿辰大庆结束之后。

没想到一件正常、正确的小事，却被各怀心思的周围人等有意利用推波助澜，最后把事情搞坏了。

第一个坏事的就是周妈妈。凤姐明明交代“过了这几日再办”，周妈妈却当即把婆子捆了。为啥呢？一要显示她作为王夫人陪房的威势，二因素日与这几人不睦，正好拉大旗作虎皮。

她不按照凤姐从大局考虑的时间节点要求来行事，为泄私愤自行其是。

第二个坏事的是林之孝家的。两个婆子的女儿到她这里求情，她点拨女孩儿去走邢夫人路线——女孩儿的姐姐嫁给了邢夫人的陪房费大娘的儿子，而费大娘又是个好惹是生非的（真是应了有其主必有其仆这句话，曹公笔法常常草蛇灰线相互照应）。林之孝家的是荣府管家的妻子，公侯管家七品官，林之孝家的有身份地位，也有实权，也应当有与之相称的能力见识，她为什么明知两个婆子该罚却还是给她们的女儿指了关键路线，继而引出大事来呢？被两个哭哭啼啼的女孩儿求着烦不过是一个原因，另一层，和周瑞家的不无干系。周瑞家的假传圣旨，大晚上的叫人传话给林家的，让她来见大奶奶，林之孝家的进了府见了尤氏，才知是周瑞家的作妖，白跑一趟吃了体力辛苦不算，关键是一路担惊受怕的心理煎熬。既然你要兴风作浪，那我不妨再添把火，索性闹大了，看看到底谁有脸？

第三个坏事的是尤氏的小丫头。婆子的恼羞成怒是小丫头言语利害挑起来的，书中原文是这样写的：

> “这可反了！……这会子打听了梯己信儿，或是赏了那位管家奶奶的东西，你们争着狗颠儿似的传去的，不知谁是谁呢。琏二奶奶要传，你们可也这么回？”

她的任务没有完成，要想尽量为自己开脱就要尽量放大两个婆子的恶形恶状，就一径去怡红院找到尤氏，气狠狠地把方才的话都说了，尤氏听了半晌，发出了冷笑。（按：尤氏听了有半晌，暗指小丫头说了有半晌。在书中尤氏的总体性格是温柔和善的，可以想见小丫头的一通学舌比两婆子真正说了的要难听得多、冒犯得多。）

第四个把事情搞坏到无以复加的自然是邢夫人。之前邢夫人因为没有为贾赦办成强纳鸳鸯为妾的事情，贾母大怒、老爷不满，正是满心不爽，暗恨凤姐没有为此事出力。愚人之可恨，在于从不会反省自身，而是一味归咎他人。出现问题，还有什么比指责他人更容易的吗？费大娘添油加醋一通告状，邢夫人想的是这下可逮着机会了。于是有了前文邢夫人当众羞辱凤姐，最后导致凤姐伤心流泪的一出。

然而从根子上说，周瑞家的是罪魁祸首。婆子的恼羞成怒、小丫头的夸大其词、林之孝家的加倍搅局、邢夫人的“集大成者”，都有其可以理解之处，关键是如果周瑞家的严格执行了凤姐的指令，就没有后续种种牵丝攀藤、鸡飞狗跳。

两个婆子的事件，以现代眼光来看，整个过程实际上是两个底层工作人员不听跨部门上级领导临时调遣造成的一起偶然事件，直接后果是引起该领导不快。她们自己本部门的上级领导的处理意见是得当的：结果导向——化解该领导的不快；应对措施——把犯了错的员工交给该领导亲自处理；时机安排——考虑大局，把要紧大事先办完再追究这件偶发小事。

但是这个合情合理的处置方案没有得到正确的执行。事情坏在周瑞家的这个第一级执行层手里。这一层坏了，后面种种只不过是连锁反应，凤姐失去了对后续连锁反应的控制。

邢夫人当众向凤姐泼完污水，得意洋洋地走了。凤姐又羞又气，一时找寻不着头脑，憋得脸紫涨，以向贺客之一赖大家的（上一辈的管家太太）说话的方式，叙说了来龙去脉。这体现了凤姐的良苦用心。婆婆当众污蔑，却用的是软刀子，凤姐不好直接求王夫人做主诉冤，向上一辈的管家太太诉说，是一种作为晚辈的委屈，也是尽量消除外人对她的误解。留在现场的是哪几位高级领导呢？尤氏、王夫人。尤氏是凤姐的堂妯娌，事情最初由她而起，这时候最合适站出来说句公道话的就是尤氏。但是尤氏说："你原也太多事了。"不但毫不领情，还一推七八里。凤姐的亲姑妈，交给她治家职权的王夫人也没有站在她这一边，直接吩咐把那两个婆子放了。彻底否定了凤姐的处置意见。

邢夫人获得了彻底的胜利，凤姐被扔进完全的困境。一个管理大公司的执行总经理，年纪轻而责任重，要把大事小情分派下去且执行得当，除了自己要千方百计思虑周全，还需要两个人：一个是得力的左膀右臂，另一个是坚定支持的领导。婆子事件，凤姐的正确和委屈，大部分人看不到，也不关心，她的尴尬和受责，则是荣宁二府加外人仆妇全都看到了。左膀右臂周瑞家的最该问责，但是事情一路演变，围观者看不见最初执行者的失职，上级领导王夫人的批评反对，则是大庭广众之下人人见到，而且很快就会被所有仆妇（员工）得知，甚至会被添油加醋放大十倍，继之不再忌惮凤姐的人越来越多，导致她的谋划指令得不到正确执行的情形也越来越多。墙倒众人推的悲剧，也为时不远了。历来是寻根究底者少、围观起哄者多；筹谋出力者少、浑水摸鱼者多；雪中送炭者少、落井下石者多。凤姐的颓势和败势，由此而起。

凤姐怎能不伤心呢？夜深人静，她赌气回房哭泣，又不使人知觉，也就是说，这个刚强的年轻女人，到这个时候仍然是在打落牙齿和血吞，是在独自饮泣。这里要为女性管理者一叹，若是男人，拍桌子骂娘或者索性一顿大酒解千愁，女人则只能独自向隅而泣。曹公冷静，婆子事件到此他不收笔，他安排了一个后续：贾母派人叫凤姐去问话，凤姐先赶紧梳洗掩饰，回贾母的问话时清清楚楚、一丝不乱—— 凤姐的心理调适能力和职业素养可见一斑。在鸳鸯、贾母发觉有异，疑惑凤姐是不是受了委屈哭过，凤姐没有趁机大诉委屈，而是三言两语遮掩过去了。好一个巾帼不让须眉的凤姐啊！

凤姐之哭，不是作为普通女人撒娇撒泼惶急的哭，而是作为一个女性高管蒙冤受辱心灰意冷的伤心之哭，是对自己投入巨大心力的职业价值产生深深怀疑并自我否定之哭。好在曹公还是善良，他安排了明白人鸳鸯道出凤姐的委屈。鸳鸯对凤姐的体谅，也为她后来冒险偷出老太太的财物去典当一出埋下了同理心的伏笔。此是后话了。

# 13

## 被误读的婆子们

《红楼梦》是为青春少女作传的美丽群像，群芳争艳、尽态极妍，即便有的女孩性格上有明显的缺陷，在曹公笔下也还是可爱的，而为人妇、为人母的“婆子”们则成为集体性的反面。贾宝玉一句话定论：女孩都是宝珠，婆子们都是鱼眼睛。

婆子们真的就这么不堪入目、惹人厌憎吗？

先来看贾宝玉的奶妈李嬷嬷。在薛姨妈的饭桌上，她劝阻宝玉少喝酒，宝玉心里不舒服又不好当面顶撞。过一阵子李嬷嬷不请自取地把一碗枫露茶吃了，惹得宝玉摔碗骂人。这是一个尽忠职守、心好嘴碎的婆子。

再看迎春的奶娘。这位隐身奶娘把儿媳妇弄进贾府当差领薪水，还合伙偷了小姐的珍贵首饰去做赌资。这是个违法乱纪、欺善辱主的婆子。

接下来看两个有头有脸的“陪房”。一个是王夫人娘家带来的陪房，嫁给了周瑞，于是全书她的称呼就成了周瑞家的。

书中写她善于阿谀奉承，很得主子们喜欢。在奴仆（或者说比她等级低一些的同事）面前则要狐假虎威、彰显权力。要不是她播弄是非、挟私报复，凤姐处理违纪仆人的正确决策就不会被带歪，凤姐的执政之路也就不会走向失败。这是一个阳奉阴违、精明利己的婆子。

另一个陪房是邢夫人的心腹王善保家的。她在王夫人面前诋毁晴雯，上下嘴皮子一碰，断送了一位美丽能干的少女的性命。兴冲冲地去抄检姑娘们的闺房，巴不得她们有作风问题，扯大旗作虎皮，不可一世。明明是为了巴结探春去掀她的裙子以证明姑娘的清白，却被探春以迅雷不及掩耳之势打了个巴掌，然后还被探春和她的丫头骂了个痛快。这是个心坏面恶、自不量力的婆子。

这四位婆子，李嬷嬷是恪尽职守，惜乎方式不对，遭到少年公子贾宝玉的嫌弃，对李嬷嬷而言多少有点委屈。至于其他三位，则是确乎可恶。

除了这些有着特殊身份的婆子，大观园里还有些打工婆子。一个是春燕的娘，同时也是芳官的干娘，名叫何婆子。这何婆子克扣芳官的工钱，又欺负芳官新来不给她公平待遇，结果为了洗头的事和芳官大吵了一架，却又吵不过唱戏出身，伶俐骄纵的芳官。还是这个何婆子，心疼宝钗的心腹丫头莺儿折了嫩柳枝，又不好骂她，就追着打着自己的女儿春燕指桑骂槐。这是个锱铢必较的婆子。可是另一方面她爱惜草木，替看管园子的说几句话有什么错呢？和青春少女吵架落了下风，一半是口齿不如少女机敏，另一半则是因年老而受的排挤。

另两个是贾母八十大寿期间夜间当值的婆子。她们因为没有听东府奶奶尤氏的差遣被告状到凤姐这里，又被周瑞家的挟私报复捆了扔在马圈里。乍一看，她们不听调遣、不认真履职，是该受罚。可是细看究竟：她们在人事关系隶属上确实不归尤氏管；尤氏的小丫头对这两位长辈不尊重在先，并且讥讽得太过激烈而且有莫须有之嫌；而且她们的职分未必有照看园内灯火的部分，她们只是在分瓜果时碰巧被小丫头撞见。连日连夜加班，好容易有点瓜果赏头，人之常情，一面是甜头，另一面是苦差，哪个更遭人待见？

这两婆子固然不是工作特别积极的员工，可她们的错误细究起来也是被人利用了、放大了。她们是最常见的那一类普普通通、不求有功但求无过、有点小私心、有点小资历、配合度不那么高的员工。

另外还有看管花园的夏婆子，图赵姨娘的钱、给凤姐和宝玉下蛊的马道婆，执掌小厨房后急吼吼立刻摆笼络席的秦显家的，恼怒女儿做出风流事、因没有成为女儿最后避风港而痛悔不已的司棋的娘，心灵手巧、想走上层路线给女儿谋个美差的五儿的妈……

大概而论，她们都只是平凡人，是普普通通的被现实世界摔打过，需要勤恳谋生的中年或中老年女人。从水做的骨肉、珍珠般的少女，到一结婚生儿育女就成了鱼眼睛，这变化无非是她们作为凡人、作为妻子和母亲的责任使然。豪门世家中锦衣玉食的少男少女未曾经历，无从体察，谈何体谅。

曹公写此书时也是中年人，家计艰难，儿子夭亡，他想到自己少年时代对管教嬷嬷的厌恶，于是借少年宝玉的口吻将妇女比作鱼眼睛，而有了一点生活经历的人，不论是凤姐还是两位夫人，对敷衍塞责的婆子或许有批评惩戒，但没有谁用鱼眼睛这样虽然生动却不免刻薄的比喻去讥讽被生活摔打过的妇人。

我少年时读红楼，只觉得宝玉的比喻极妙，拍手称快，如今作为尘世里的一个普通人，一个走过人生半途的中年女人，对婆子们的行径虽不苟同，但多少也有些体谅之心，并且感叹少年宝玉之骄纵淘气。《红楼梦》之常读常新，可见一斑。

# 14

# 贾府重视教育吗



簪缨世族，诗礼传家。

贾府以军功受封，赫赫扬扬的簪缨之族是确定无疑的，宗祠里皇帝的御笔“星辉辅弼”可为一证；但诗礼传家则未必，经由柳湘莲之口转述的“东府里除了那两个石狮子干净，只怕连猫儿狗儿都不干净”，说明贾府的荒诞不经已经到了街知巷闻的地步。

梳理一番贾府正经主子的“事业”就能够明白“诗礼传家”在贾府其实已经是个遥不可及的梦。

诗礼传家和簪缨世族相对，指的是读书入仕，科举在当时的读书人眼中乃是正途。进士出身不但意味着天资聪颖，学问功底扎实，同时也是身心健康的明证，因为能从漫长的科举考试中挣扎出来的人，都不是一般人。即便少年中举的也可能止步于更高台阶攀升的过程，有的人就此愤世嫉俗，有的人则去做了幕僚师爷，至于走火入魔的也大有人在……所以文官体系里同榜进士有一种惺惺相惜的况味，是一个范围很小的“圈子”。

从最为人熟知的贾宝玉的视角铺陈他的父辈们的业绩来看，堂伯贾敬是进士出身，但是一味修道，已然是遁世高人，连自己生辰大寿也不肯回家，结果由子侄辈对着一把空椅子三拜九叩，上演了一出荒诞的仪式。

父亲贾政倒是从小爱读书的，可是皇帝体恤先臣，格外施恩，早早地给了他一个主事之衔，这份殊荣的味道，只有贾政自知。在满朝进士出身的百官之中，贾政明明为人端方正直，可说起来却不过是仗着祖荫才步入仕途的，而他原本是一心好读书，想凭自己本事进入进士朋友圈的。

伯父贾赦，是为老不尊、骄奢淫逸的典型。

和宝玉平辈的，亲哥哥贾珠早夭，堂兄贾珍、贾琏不读书、不应举。比他低一辈而年龄相仿的，贾珍的儿子贾蓉虽然有秦可卿这样美丽与智慧双全的妻子，却上梁不正下梁歪，跟着父亲和堂叔贾琏学坏。

宝玉自己的人设呢，虽然是体恤女孩儿的心地良善的公子，在诗词上才具纵横，杂学旁收，但是“愚顽怕读文章”，一读“正经学问”不是被吓到了，就是头晕了。这个衔玉而生的公子，承载家族厚望，本应作为中兴之人。但是祖母一味溺爱，父亲只是严苛，母亲吃斋念佛也缺乏教养的能力（由王熙凤不识字可知，王家女儿是不读书的），宝玉沉溺在旁门左道里也是自然而然的了。

有人说富贵多败儿，贾府的这几位公子不读书是因为家境太优越。可是贫贱也并没有出上进子弟啊！贾府私学的司塾贾代儒，顾名思义是一位辈分高、有年纪的儒生，但是他的孙子贾瑞的死因却能说明这位老儒没有能够在自己的小家中做到诗礼传家。贾瑞的死，固然因为王熙凤“毒设相思局”，但是归根结底，贾瑞自己图谋不轨大坏人伦在先，不听警告执迷不悟在后，以致年纪轻轻走了黄泉路。再看贾府家学，学生大闹，作为校长的贾代儒不能辖制，学生的家长不问是非只是袒护，可以说是蛇鼠一窝了。其后在探春理家章节中，点出族人送子弟到家学并非为的念书，而是为的每个月的读书津贴，这津贴是不看学业表现，只要来读书就能白拿一份工资。

后生子弟在这样里里外外都缺乏对读书之道真正敬畏的氛围里混着，却要求他们一心向学、诗礼传家，简直是痴人说梦了。少年人本就难以管教，大家世族子弟眼界开阔、衣食优渥，再加以人数众多，难度更添几分。选什么样的人做老师就很有讲究了。自身业务水平弱，不能给学生带来见识、启发头脑的，实难令学生服气；为人性格上懦弱或者古板，则要么不被学生敬畏、要么让学生厌憎。贾代儒作为辈分很高的儒生——和贾代化、贾代善、贾母同辈，如果读书有一二所长，以贾府的皇恩浩荡、炙手可热，谋个一官半职不在话下。但是他在暮年也只能在家学里混饭吃，而且孙子也没有教育好，从侧面说明了他的真才实学十分有限。

可是这样一个才学有限的人却被贾府请来做家学的校长，来给后生子弟做启蒙人，也可见贾府在教育子弟上不甚用心，形式到了就好了，没有真正理解诗书传家的实质是要培育人。教育是百年大计，这一条贾府的当家人没有意识到。

作为对照，林如海给女儿请的家教是两榜进士贾雨村。且不管贾雨村后来怎么腐化堕落，这个人开始是有真才实学，也有胸襟抱负的。从林如海为贾雨村手书推荐信来看，他也很尊重这个落魄去官的家庭教师。林黛玉的清逸出尘和文学才能，固然有天资聪颖、基因传承（父亲自己就是探花）的因素，但也和后天启蒙老师的教导大有关系。

皇帝给贾府宗祠的御书牌匾有两块，一块是“星辉辅弼”，大力表彰贾家祖上忠心耿耿，从龙护驾，开国重臣；另一块是“慎终追远”，告诫贾家后人向祖辈学习，好自为之，再立新功。

可惜君子之泽五世而斩[1]。皇帝的嘉许和期望，跟随他戎马征战的心腹重臣牢记在心，躺赢的子孙们则只是口头上念叨皇帝给的体面，自己是没有这份苦苦奋斗的精神意志的。宁荣二府的子孙到了第三代“文”字辈做大家长时就开始露出败相，贾赦为老不尊、荒淫无度，贾敬中了进士而遁世修仙，只剩贾政以编外干部的身份苦苦支撑庞大家族的体面。第四代“玉”

[1] 白平：《孟子详解》，人民文学出版社，2021 年。

字辈本该是积极求进的青年子弟，但都不成器。贾琏虽然算得出众，但才具也平常，有自家和岳丈家两大家族帮衬也没有个实际的官做，更兼后来接二连三地出现生活作风问题；贾宝玉众星捧月地养护着，可是全无读正经书的心思，日日贪玩；贾环倒是在家读书，又可惜受到目光短浅的生母的负面影响，人品堪忧；旁系的贾瑞更是大逆不道、咎由自取，早早命赴黄泉。第五代“草”字辈变本加厉，贾蓉二十出头的人就跟着父亲花天酒地、败坏人伦；贾蔷走后门得了一个看管家庙的职位，却不好好工作，而是贪污腐化、聚众淫乱。

总之，抛开《红楼梦》的创作主旨不谈，在以科举入仕为正途的时代，传家指的是男子们是否上进、是否光宗耀祖。从这个角度说，贾府的教育事业是比较失败的。

# 15

# 兰桂齐芳的推手

前文说到贾府的子弟教育事业总体上是比较失败的。但《红楼梦》安排了一出兰桂齐芳，家业中兴。担当此大任的，首先是宝玉的亲侄儿贾兰，然后是他自己的儿子贾桂。尽管这两个孩子都缺乏父亲的教养，由各自的母亲一手带大，但是这一安排想来却合乎情理。因为他们的母亲分别是李纨和宝钗。

贾府后来的置之死地而后生，首先有赖于儿媳李纨。她父亲是国子监祭酒，相当于国立大学校长，这位父亲信奉的是“女子无才便有德”，所以不十分令其读书，看些《列女传》之类的思想教育读本就完事了。她在贾府一众女子中虽存在感不强，但是能够得到姊妹们敬重，连凤姐也要让着几分。她有很好的文学鉴赏力，担任诗社社长，存有仁心为平儿主持公道，更大的业绩是作为青年守寡的母亲，在贾府这样一个表面看似赫赫扬扬，实则内里衰败的大宅子中，能够把儿子贾兰培养成进士，有其韬光养晦的大才和以身作则的大德。可以说，她才做到了诗礼传家。

至于宝钗，虽然不喜欢她的读者很多，但平心而论，她其实是个识大体的聪慧女子，而且极通人情世故，艺术鉴赏品味也很高。这源自她从小受的教育。与林妹妹专注诗文不同，宝钗的教育走的是读书明理和在做中学两条线并行的路子。父亲是皇商，极爱这个女儿，宝钗从小什么书都看，连禁书《西厢记》也看。作为一个大小姐，她认得当票已经稀奇，更稀奇的是她知道怎么样吃螃蟹最好，更更稀奇的是她居然知道怎么样用生铁锅，这种生活常识，如果不从生活里和厨子仆役的聊天中得来，那就得是从杂书里得来。这样一个“通人”是可以在因家道中落而导致的物质与心理的双重艰困之中，独力把孩子教养好的。

李纨，青年寡居，教子有方，被婆婆王夫人评价为“尚德”。她拨开荣国府表面的花团锦簇，避开烈火烹油的喧哗，在莺歌燕舞、赫赫扬扬中保持一份难得的清醒和见识。她带着年幼的儿子贾兰住在相对冷僻，但同时也保留乡野自然趣味的稻香村，而稻香村的楹联是“新涨绿添浣葛处，好云香护采芹人”，而采芹正是读书人的代称。不难想象，小小的贾兰在这片自成一派的天地里，能够在读书写字之余，看看真正的大白鹅，感受“曲项向天歌”的趣味，到桑树林和稻田里感受一下“躬耕每以农为本，稼穑艰难旧亦知”。小贾兰的成长环境，比怡红快

绿、红香绿玉、衔玉而生的贾宝玉要简朴得多，可也真正有利于成长得多。择稻香村而居，《红楼梦》书中没有交代是不是李纨的想法，但是从她自号为稻香老农来看，她一定十分中意这个居所，深知环境对教养孩子的重要作用。再看李纨的成长环境是什么呢？她的父亲是国子监祭酒，也就是国立大学的校长，从小读《列女传》等书，价值观和视野虽然狭隘了一点，却在自律方面从小得到足够的规训。仅仅从家世而论，世代簪缨的贾府门第也比清寒的国子监要堂皇许多。王夫人、王熙凤的娘家都比李纨的娘家要高出许多，以实权论，王熙凤的娘家比荣国府有里有面。贾政的科举之心是被皇帝的恩宠意外耽误了的，他的敬重科举正途之心，在为长子贾珠择媳时得到了安放，选择李纨，很大程度上就是看中了她父亲国子监祭酒的身份。

大观园十二钗里，才学上最好的不是贾家的小姐，而是“薛林二妹”，贾家的几个姊妹皆不及。这话是凭才学品德选为贵妃、加封凤藻宫尚书的大姐姐贾元春说的。固然有礼让客人和自谦的成分，但是薛林二人在后来的咏白海棠、咏螃蟹两次雅集上的诗作，都远高出了贾家的女孩。事实上贾氏四姐妹里，迎春、惜春都不会作诗，元春虽然以才学选入宫中，但也缺乏捷才，唯有“见之忘俗”的探春可以略略比肩。另一个文采风流的是史湘云，她作的诗、行的酒令、和林黛玉在凹晶馆的联句，豪气、才气俱足，可是她也不是贾家的姑娘！

贾家的男子已然不读书，贾家的姑娘既然不能去科考入仕，在读书上就更不作要求了—— 贾母说：“读的是什么书，不过是认得两个字，不是睁眼的瞎子罢了！”

贾家的儿媳，有了一个书香门第的长媳李纨，其余的，当家少奶奶王熙凤是不识几个字的（也不知王家把她自小充男儿教养，不教念书，难道教的都是舞刀弄棒不成？）；贾珍的妻子尤氏，由继母尤老娘带着两个无血缘关系的妹妹改嫁过来可以推断，尤家也不是看重清规戒律的读书人家；贾赦的续弦邢夫人，愚顽不灵，也不会是书香人家。总之，贾家之不重视读书种子、不重视子弟教育，可谓是上行下效全方位的。

但是曹公真的认为女儿不必读书吗？非也！

他很有心地安排了多处情节，默默地告诉读者他的心声：女孩当读书。

李纨读书明理、端方持重，得到公婆肯定、姊妹敬重，更兼教导出贾兰这样一位好孩子。相对地，赵姨娘不读书，女儿探春虽然敏慧，却受她连累，而她还不自知；儿子贾环被她教导得气量狭小，好好的世家公子长歪了。王熙凤不读书，于是不知止，缺乏对法理人情的敬畏之心，到后来机关算尽太聪明，反算了卿卿性命。迎春不读书，以致不能有效管理仆人，在所嫁非人时除了回娘家哭诉一番，再无力自保自救。惜春也不读书，处世不通，把好心好意的嫂子尤氏给气了个半死。

曹公在书中暗示了读书多的女孩子有好命。比如妙玉，为人孤介，但因为有才学而得到贾府礼遇。更特别的是邢岫烟的命运，这个落魄来投奔的女孩子拜妙玉为师读了几年书，出落得清逸出尘，得以被薛家看中，做了大好青年薛蝌的妻子。至于探春，姊妹中唯有她爱看书，闺房即书房，有见识有能力，尽管是庶出，也成为了贾家第二个王妃（87 版电视剧把探春远嫁塑造得十分凄惨，嫁的是藩王，少数民族的部落酋长，但原著小说中是门当户对的好姻缘）。而且曹公还借贾府第一精明人王熙凤之口直接赞誉读书的好处——“他又比我知书识字，更利害一层了”。至于神仙般的林妹妹，更是文学女青年的超凡代表。以其博学而机敏，读书而淡泊，深深地吸引着贾宝玉，两人展开一场旷世绝恋。黛玉香魂飘散，宝钗取而代之成了宝二奶奶，读者固然为宝黛恋而意难平，连带着恨上宝钗几分，但是对于宝钗而言，还有比嫁给宝玉更好的婚姻、更好的出路吗？嫁入贾家，也是对已然败落至底的薛家的拯救。从这个角度说，一肩挑起两大家族的中兴之责，还真的是只有心有城府、处世有道的宝钗能担此重任。

总之，曹公一方面感叹贾府男儿不上进，另一方面则让他笔下的女孩儿们读书明理，或灵巧，或持重，或能干，或温柔，或清高，或可爱，为人母则持家有道、教子有方。

这是《红楼梦》这部伟大悲剧的浪漫光明之处。

# 16

# 贾雨村之变



贾雨村是贯穿《红楼梦》始终的人物，他见证甚至参与了贾府的兴衰，是曹公借曲笔勾勒望族与官府深深勾连的特殊角色。贾雨村的仕途发达是贾府运作的结果。

寓居小庙、卖字为生的举人贾雨村，志大才高，以一首咏月诗得到甄老爷的慷慨资助——熟读《红楼梦》的读者都知道江南甄家是京中贾家的双影，进京参加春闱，一举高中进士，步入仕途。但“学而优则仕”并不是贾雨村飞黄腾达的真正道路。他的平步青云要从被革职之后才开始。丢官之后的贾雨村，被兰台寺大夫、巡盐御史林如海礼聘为西宾，给独女黛玉做家庭教师。前探花郎、现任实权派大员林如海写了一封信给内兄贾政，请他协调贾雨村的“起复”。林如海是怎么对贾雨村说的呢？

“弟已预为筹画至此，已修下荐书一封，转托内兄务为周全协佐，方可稍尽弟之鄙诚，即有所费用之例，弟于内兄信中已注明白，亦不劳尊兄多虑矣。”

这段话关键信息有两层，一是托了可靠的人；二是备好了打点所需财物。

林如海对这个家庭教师可谓一片至诚，样样想在了贾雨村前面。贾政看了信之后怎样呢？贾政给贾雨村谋补了金陵应天府的出缺。贾政的人物画像是谦恭诚恳，但是他能够在初次见面的贾雨村面前给出许诺，能够给他落实应天府这样的繁华大城的知府。由秦可卿丧事一节可知，捐官是有门路的，但是一需要人情，二需要巨额银票，而且捐的官也是个虚衔——龙禁尉（皇帝身边的侍卫官），并无实职，纯粹花钱买个面子看看。然而在贾政这里，做 1.5 线城市的首脑官员竟然是三言两语就有把握可以搞定的事，何况贾雨村还是个见罪革职的官员！

这一起复，固然有雨村本人相貌堂堂、才干优长的原因，但真正的力量是贾府及其利益集团。雨村之官运亨通，是因为进入到了这个庞大的利益集团。“进士出身”固不可少（有资料表明江南地区士子众多，能够高中进士的少之又少），但是进士出身且才干优长，是硬币的两面，十数年浸淫四书五经这套正确光明的教诲之中，雨村的理念是积极的、秉性是正直的，然而刚正不阿的另一面是骨刚易断，他的才干使他成为不合群的另类，以致招惹祸事。现在作为革职之人而迅速起复，而且官职比原先还提高了，就是给朝中官员一个强烈的不言之言：我上头有人。有要人！

拜高踩低是人性。虽然未见得人人趋炎附势，但是明哲保身不去招惹，总是人之常情。贾府的出手扫清了雨村仕途上的障碍。到了葫芦僧断葫芦案一节，薛蟠打死至少是中产阶级家庭的少爷冯渊，抢了他的未婚妻英莲，雨村的态度发生了变化。最开始听完冯渊仆人的哭诉，雨村是勃然大怒的，朗朗乾坤，岂可有此等草菅人命之事！此时，雨村尚为一个有良知、讲公义的官员。但是听完差役——当年寄居的小庙中的小沙弥——的一番四大家族关系解读之后，顿悟到这四大家族就是升官图，雨村的正义感开始退却了。

薛蟠是贾府的亲戚，雨村知恩图报，更要掌握和这个大家族同进退的砝码。这桩命案的处理，细品颇有妙处。庭审之中，贾雨村义正词严，毫不容情批判了薛蟠的恶少行径，判薛蟠应当以命抵命。奇妙的事情发生了：薛蟠已经“暴毙”，无法以命抵命，所以判薛家赔一笔银子给冯家，就此销案。雨村的这一出贪赃枉法，尚且掩人耳目，用薛蟠暴毙这个理由来实现程序正义，此时雨村虽然开始为了前程而趋炎附势，但是读书人的守则毕竟还在心里咚咚敲着。想出一个薛蟠暴毙的法子来，确乎可见雨村之才干优长，但也可见雨村这时多多少少对正义和良知还存有敬畏。

到后来，贾赦看中了石呆子家传的古扇，但石呆子就是不卖。贾雨村此时为了继续攀附贾家就没有这么多纠结了，在并

没有收到贾府（贾赦、贾琏父子）的请托的情况下，直接将石呆子下狱，古董没收。为了个闲时把玩的玩意儿，竟能枉法至此。这时的贾雨村已毫无公义之心，为了向上爬，亲自操刀，无法无天。他的违法乱纪行为已经到了明目张胆的地步，以至于贾琏吩咐家中人少和贾雨村来往："他那官儿未必保得长。将来有事，只怕未必不连累咱们，宁可疏远着他好。"

但是《红楼梦》并不轻易放过伪君子、真小人的塑造之路。作者安排贾雨村在贾府遇困时落井下石，急急如律令，连续敲响了贾府的丧钟。

脂砚斋批《红楼梦》常有"真有是事""真有是人"之类的评语，以示曹公笔下人物来自生活的真实。贾雨村的行径之演变，是"一把辛酸泪"的具象来源之一。和贾府素来不睦的团体如忠顺王府等，敌对在明处，唯贾雨村这般一开始口口声声恩同再造，到后来却落井下石的人，最为可恨。

《好了歌》讥讽贾雨村"因嫌纱帽小，致使锁枷扛"，是小说家以笔为剑、快意恩仇。而人间纷纷扰扰，"不是不报，时候未到"的念叨怕只是一种自欺欺人的安慰吧。尽管如此，多行不义必自毙仍然是朴素的真理，而真正为民做主的清官，即便忧谗畏讥远避庙堂，终能守得云开见月明。比如范仲淹，因为一力推行吏治改革而遭到排挤，于是请辞京官改任地方官，但是他的勤勉正直，确确实实惠及地方百姓。杭州人多熟知市长苏东坡，相对来说少知范仲淹也做过杭州市长。同一派的欧阳修遭到排挤，索性寄情山水，作出传世美文《醉翁亭记》。贾雨村有诗云：“玉在椟中求善价，钗于奁内待时飞。”范公、欧阳公、苏公未曾做过这等求进之词，他们做的实实在在的好事，却成就了实实在在的美名，传诵到今。杭州孤山上的范公亭，楹联为：慕子陵和靖之高节，贻百世千秋以美文。范文正公，此道不孤也。

# 17

# 香菱为什么学诗

诗，是没什么用的东西。

科场的策论，用来敲开入仕之门；朝堂的奏折，用来商议军国要事；东方朔用演艺剧本向汉武帝巧妙进谏；大明首辅严嵩吟诵青词，谋求号称无为而治实则牢牢掌权的皇帝的欢心；少年康熙在勤政殿大柱上手书“三藩、河务、漕运”三件大事，彰显志向，也激励重臣；大清朝三希堂的名家法帖，不独用来展示乾隆皇帝的审美趣味，也用来笼络汉族士人——没有什么比尊重外族的文化更能收服外族的心了。

诗，虽然是中华古代文学中的璀璨明珠，却称不上有什么实际的作用。它抒发郁结也好，托物言志也好，赞叹山河也好，总体上，它没有什么明确的实际作用。

但是因为这种不明确的实际作用，诗另有一种隐含的实际功用——确定身份。作为彰显才学趣味的装饰品，一首好诗往往成为高级朋友圈的入场券。晏幾道、范仲淹、欧阳修……诗

书唱和，成为他们惺惺相惜的途径。发挥诗的这个朋友圈入场券的功能之前，作诗的人本身，先得有个“身份”。比如是读书人、是官员。

香菱在大观园里是个没什么用的人。她是薛蟠这个纨绔子弟的妾，而妾是个尴尬的身份，非主非仆。薛蟠眠花宿柳，香菱这个小妾对他很快失去了吸引力。没有子嗣需要抚养，没有父母需要孝敬，也没有兄弟姐妹需要帮扶。

这样一个无用的人，却偏偏沉迷于作无用的诗。

香菱学诗，到了苦求的地步。先是跟小姑子宝钗求教，却被这个有才华而缺乏平等心的大小姐用一番大道理拒绝了。紧接着她去求黛玉，幸运地得到了黛玉十分精辟的指点。然后就一丝不苟执行林老师的教导，把书单都看了，而且还背诵了。之后开始尝试搞创作，然而总是被否定。

她不气馁。屡败屡战。真是“路漫漫其修远兮，吾将上下而求索”。春光明媚的花朝节，年轻女孩们都在玩儿，唯香菱苦苦想着吟诗，还因为展露了学诗的心得而遭到了丫头们的奚落——玩就玩嘛，干吗显摆你有学问。

经过漫长的过程，香菱终于从“门外汉”进阶到能够作出被黛玉赞为“新巧有意趣”的作品的“一个诗翁”了。

香菱身世悲苦，她一无父母作为根基，二无丈夫尊重体恤，三无子嗣寄托希望。她学诗的过程被看作是“呆气”，入贾府被询问身世则一律答以“不记得了”。以“不记得了”作答，以此免除更多的悠悠之口，焉知不是她逃避悲伤的自我救赎？

学习作诗，是她努力想要融进大观园女子朋友圈的一次努力。尽管并没有完全融入——除了老师林黛玉本来就非俗人，对她有真正的欣赏，宝玉对她有命运的怜惜，更多的则是其他人的不理解。本应和她最亲近的宝钗，其实是最不支持的（宝钗的狭隘并非是见识上的，而是阶层观念使然）。

尽管如此，香菱还是孜孜以求。

作诗是她试图构建精神世界以抵抗生活之恶的努力。读诗、学诗、作诗，这个跌跌撞撞的过程中，香菱的内驱力之强可见一斑。

然而也因此更让读者叹息香菱的生不逢时。

# 18

# 宝钗的多面性

宝钗，号称“时宝钗”，最懂把握时势的。这在她的多首诗作里有所体现。省亲别墅落成，她写“高柳喜迁莺出谷，修篁时待凤来仪”，这是她对人生榜样的艳羡；元宵节制灯谜，她写“光阴荏苒须当惜”，很像负责的班主任在早课上的叮嘱；咏白海棠，她的起句便是“珍重芳姿昼掩门”，白天得把门关着，合乎大家闺秀的礼教。在诸多含蓄持重的诗作之外，有一首咏柳絮的诗暴露了她赤裸裸的志向：“好风频借力，送我上青云！”宝钗这“时”是有明确的人生奋斗指向的，并且这种指向是合乎当时的主流社会价值观的。巧得很，贾雨村发迹之前作的一句“钗于奁内待时飞”，倒是很符合宝钗的心志。

在日常生活中，宝钗也很懂得把握时势。她一个妙龄少女过生日，点戏全冲着贾母的喜好下单；金钏儿受辱跳井死了，始作俑者王夫人还在不安，一向事不关己，高高挂起的宝钗迅速赶到，给这位日日念佛却间接逼死了贴身丫鬟的贵妇提供了及时的脱罪方；黛玉在酒席上脱口而出一句“艳曲”，宝钗抓住时机对这位神仙妹妹兼心知肚明的情敌好好地恩威并施了一番。

宝钗最为黛玉粉丝们诟病的是扑蝶一节。大好春光、蝴蝶翩跹，端庄持重的宝钗那一刻恢复了少女的天真，举扇蹑足扑蝶，这是多美好的人间春景啊！可是当她听到了丫头们私密的话，躲避不及之下为了自保，宝钗机变之中装作是和林姑娘捉迷藏，把丫头的怀疑牵引到黛玉身上去了。

真是可恶！

然而从宝钗的角度，还有比这更好的避祸之法吗？一个素日以端方持重面貌出现的客居的薛大小姐，扑蝴蝶有违人设，和同样客居的林小姐一起玩儿就很符合身份。把线索引到林小姐身上，小丫头们绝不可能去求证，而越无从求证的事情越会在心里夯实。薛大小姐原本可以对小丫头们训诫一番，无论身份还是道理，这么做都合适，比如王熙凤听到赵姨娘教训贾环不当，她当即就在窗外出言指责了，赵姨娘只敢一声不出。可是薛宝钗首先考虑的不是正确与否，而是情急之下把握时机优先，这已经是她深入骨髓的本能反应。

宝钗的时，是人间的时，是凡世的时。她劝告宝玉读书，为的是让宝玉读书上进，进入仕途经济。她的所作所为无一不符合时势要求。

有人会给宝钗找补，说她怜老惜贫，可见道德高尚。

宝钗怜老惜贫了吗？探春兴利除弊在大观园搞承包时，宝钗补了一句：没有分到花果园子看护的，年底也分一份好处过去。这是管理上的平衡，更是她的收买人心，并非怜老惜贫。

要说最应当怜惜的人，她身边就有一个香菱。身世飘零、无父无母的香菱，被混蛋哥哥强行抢了来，新鲜劲儿过去后就不受哥哥待见。苦闷的香菱试图学诗，给自己构建一个精神世界，求宝钗指点，却被宝钗拒绝。宝钗话说得冠冕，女人针黹是正事，学诗没必要，可是大观园女儿们不是起了诗社玩得很开心吗？就算经济窘迫的湘云也吵着急着要来作诗玩，宝钗甚至还资助湘云摆了一场热热闹闹的螃蟹宴。然而在香菱这里，宝钗就一口回绝。宝钗哪里是真觉得唯有针黹是正事，她是在心底里并没有把这位孤苦的名为妾实为仆的“嫂子”放在平等的位置上，她觉得香菱不配。

宝钗的言行，始终是“择时而动”的外化。专为宝钗配制的“冷香丸”，各色原料对时令的要求不可思议——春天开的白牡丹花蕊十二两，夏天开的白荷花蕊十二两，秋天开的白芙蓉花蕊十二两，冬天开的白梅花蕊十二两。又是要尽集雨水、白露、霜降、小雪四时的雨、露、霜、雪，然而有了这方子之后，“一二年间可巧都得了”，统统配齐。“时宝钗”是号令自然宝物都为她服务的一个角色啊。

有平等心的是黛玉。她真诚地给予香菱指导，及时地给予香菱鼓励，当众夸赞香菱的进步。有平等心就意味着不凌驾别人之上（哪怕当时的阶层分级赋予黛玉这个权力），往往意味着真正的与人为善，不肯为了自己的利益去抢夺别人的甜枣。在表面花团锦簇的大观园里，涌动着的是尔虞我诈、斤斤计较的暗流。秉性高洁刚开始是护身符，但是这便意味着没有钻营取巧，没有可用于笼络人心的资源，也没有彼此引为同类的闺蜜团，日子长了，黛玉就不能自保。但是质本洁来还洁去，黛玉不屑于效仿“时宝钗”，只因她在自我构筑的小宇宙里是自由的。

# 19

# 慈爱老人的雷霆怒

《红楼梦》是为闺阁昭传，但是青春女孩群像之外，还有几个上了年纪的妇女，其中最受人喜爱的莫过于刘姥姥。

这位住在城郊的村妇，心胸豁达、言辞风趣、见机行事、知恩图报，虽然没有读过什么书，但是在“人情练达即文章”这方面，写出了上佳之作。刘姥姥的相关章节，一唱三叹，成为《红楼梦》这部绵密细致的漫长戏剧中异峰突起的变奏，从淡淡起笔的一进荣国府求亲告友，到浓墨重彩的二进荣国府阖家取乐，再到朴素真诚的狱神庙立誓救孤，刘姥姥的故事是荣国府命运的缩影，也是深宅大院诰命夫人们的对照。

贾母是赫赫扬扬荣宁二府的大家长，是众人口中的“老祖宗”，是除了在宫中为妃的元春之外，贾府最尊贵的人。她的尊崇地位有三个支柱：一是儒家宣扬的以仁孝修身齐家的理念被儿子贾政——这位事实上的贾府的中流砥柱——很好地习得与贯彻；二是既贵且富的出身给予她阶层上的优势和财富上的倚傍；三则是她本人的能力修为。

贾母在《红楼梦》大部分场景中是个和蔼可亲、宠溺孙辈的老太太，好热闹、爱听戏、好吃甜食且贪多不化、牌技不精而乐此不疲……这些更增加了贾母的“可爱”。但是若一个老人家只有“可爱”，是不能得到众人敬畏的。贾府人丁众多，世代基业，一个仅仅单纯可爱的老太太怎么能够服众治下并把握住家族方向呢？两次震怒展现了贾母的威势、几处和子孙辈的交谈体现了贾母的智慧。

一次震怒是查赌。凤姐身体不适，疏于管理，夜间婆子们从打发时间的小赌怡情升级到赌风日盛,形成了制度——有“头家局主”专业经营，赌资也大到一夜有三五十吊乃至上百吊的大输赢。这已经是公开的秘密，连黛玉都从婆子一句“晚上还有事”领会到这婆子是急着去赶赌局。探春受命暂代管理之职，虽然对赌博的婆子们进行了告诫，但是没有认识到严重性。

贾母得知后为什么震怒呢？她告诫探春：

> “夜间既耍钱，就保不住不吃酒，既吃酒，就免不得门户任意开锁。或买东西，寻张觅李，其中夜静人稀，趋便藏贼引奸引盗，何等事作不出来……这事岂可轻恕！”

在探春等看来，婆子们长夜无聊，赌钱情有可原，且管理者已经告诫过了，但是大家都不听，法不责众，就随他去吧。但是贾母眼光老辣，她看到了赌钱看似只是工作纪律不严，实则是万恶开端。老太太用一连串的排比句掷地有声地揭示了赌博之贻害无穷：要钱就要吃酒，吃酒就疏于门禁管理，就要找人托人，再然后“引奸引盗”。老太太对于人性洞若观火，岂是天长日久困于深宅大院不知世情只知玩乐的昏聩老人！1941 年，美国安全工程师海因里希在统计了 55 万件机械事故后，得出一个比例式：300 ：29 ：1，即在一件重大的事故背后必有 29 件轻度的事故，还有 300 件潜在的隐患。这就是安全管理的“海因里希法则”。贾母生活在比海因里希早了两百多年的封建社会，是深居简出的诰命夫人，但是她的智慧与见识可以和现代企业管理智慧相媲美。

贾母发话严查，查得大“头家”三人，一个是林之孝家的两姨亲家，一个是园内厨房内柳家媳妇之妹，还有一个是迎春之乳母。

前两个属于大观园的仆人阶级，发落容易，第三个是小姐的乳母，就有些不同了。乳母者，颇有体面。曹公祖上之发迹，在从龙护驾立下军功之前，便是先有一年轻母亲被选为少年天子的乳母。宝玉的乳母李嬷嬷到了薛姨妈这儿，是可以堂而皇之坐在席上吃酒的。少年宝玉虽然厌烦乳母管得宽，但面上也只好听着乳母教训。至于女孩儿们的乳母，则又比男孩的更亲切体己一些。于是黛玉、宝钗、探春等人惺惺相惜，一起向贾母求情，但这三个一向最得贾母喜欢的女孩的集体求情，却被

贾母毫不容情地给驳了回去，说：

> “你们不知。大约这些奶子们，一个个仗着奶过哥儿姐儿，原比别人有些体面，他们就生事，比别人更可恶，专管调唆主子护短偏向。我都是经过的。况且要拿一个作法，恰好果然就遇见了一个。你们别管，我自有道理。”

平素怜老惜贫的老太太，在查赌一事上决不心慈手软，在她的严令之下，“头家”革职永不叙用，从犯降职去扫厕所，赌具烧毁，赌资没收。可谓雷厉风行。

但是老太太在雷霆手段之外，还有微妙一手：没收的赌资去了哪里？不是简单地没收到贾府的公账上，而是“分散与众人”。也就是说，没有参与赌博的、遵章守纪的好员工们，意外得到了奖赏。可以想见，必然是那些没有参赌的员工多多少少分担了溜去赌博的员工的职责，更有甚者，当赌博靡然成风，不肯去赌博的员工成了少数派，在群体中受到孤立，这种被孤立的伤害虽然不大，却足以让人心情郁闷，而且还无处投诉——投诉就是挡了别人发财的道啊！现在，最高管理者出手整饬，赏罚有道，怎不叫他们心悦诚服呢！

如果说查赌体现了贾母的铁腕之治，那么在处理贾赦欲纳鸳鸯为妾一事上，贾母则是铺陈了一出起承转合的好戏。

鸳鸯断发明志，誓言绝不肯给贾赦做妾。贾母一听，当场气得浑身乱战，愤怒地指责在场的王夫人，上升到先弄开我的人，你们好再来弄我的大逆的高度。这是平地一声雷的开场。

经探春提醒，发觉自己错怪了王夫人，则哈哈一笑，转身向王夫人的妹妹、客人薛姨妈致歉带表扬，而不是向儿媳妇王夫人本人。又假装生气批评宝玉，不替母亲出头。这是以玩笑化解尴尬的承接。

贾母震怒，鸳鸯为妾这事自然搁置。但是贾母并不到此为止，她还有后续文章要做，因为邢夫人来了。

> 贾母见无人，方说道："我听见你替你老爷说媒来了。你倒也三从四德，只是这贤慧也太过了！你们如今也是孙子儿子满眼了，你还怕他，劝两句都使不得，还由着你老爷性儿闹。"邢夫人满面通红，回道："我劝过几次不依。老太太还有什么不知道呢，我也是不得已儿。"贾母道："他逼着你杀人，你也杀去？"

这一番婆媳交谈，贾母首先顾及了邢夫人的颜面，等到旁边无人时才开口。她的语气并没有疾言厉色。她知道事情根源在于儿子贾赦不像样，儿媳妇缺乏主见，不是主犯。贾母明褒实贬，用理解的话语表达出她的批评。在邢夫人表示自己无能为力之后，贾母来了一句简单明快的"他逼着你杀人，你也杀去？"来点醒儿媳妇：一个成年人，不能推诿不辨是非的责任。

接下来的一番话换了角度，推心置腹。

> 如今你也想想，你兄弟媳妇本来老实，又生得多病多

痛，上上下下那不是他操心？你一个媳妇虽然帮着，也是天天丢下笆儿弄扫帚。凡百事情，我如今都自己减了。他们两个就有一些不到的去处，有鸳鸯，那孩子还心细些，我的事情他还想着一点子，该要去的，他就要了来，该添什么，他就度空儿告诉他们添了。鸳鸯再不这样，他娘儿两个，里头外头，大的小的，那里不忽略一件半件？我如今反倒自己操心去不成？还是天天盘算和你们要东西去？我这屋里有的没的，剩了他一个，年纪也大些，我凡百的脾气性格儿他还知道些。二则他还投主子们的缘法，也并不指着我和这位太太要衣裳去，又和那位奶奶要银子去。所以这几年一应事情，他说什么，从你小婶和你媳妇起，以至家下大大小小，没有不信的。所以不单我得靠，连你小婶、媳妇也都省心。我有了这么个人，便是媳妇和孙子媳妇有想不到的，我也不得缺了，也没气可生了。这会子他去了，你们弄个什么人来我使？你们就弄他那么一个真珠的人来，不会说话也无用。

这一番话语言亲切，实则大有深意。第一层，贾母提醒邢夫人，这个大宅大家，事务众多，管理的重担落在你的妯娌王夫人和儿媳妇王熙凤肩上，你这长房长媳不能管理，应该感到惭愧，至少不能添乱。第二层，鸳鸯得力，我固然受益，你作为儿媳妇也是受益的。第三层，鸳鸯人缘好，深受信任，你和丈夫不能动她，也动不了她，不单这次被我阻止，以后也不要再生纳她为妾的念头。

彻底从思想根源上打消了邢夫人（和贾赦）的痴心妄想之后，毕竟是母子婆媳，贾母又补了一句转圜的话：

> “我正要打发人和你老爷说去，他要什么人，我这里有钱，叫他只管一万八千的买，就只这个丫头不能。留下他服侍我几年，就比他日夜服侍我尽了孝的一般。你来的也巧，你就去说，更妥当了。”

这两句话什么意思呢？做母亲的退让了一步，纳鸳鸯做妾不行，纳个别人做妾，我出钱。须知贾母并不支持儿子一把年纪了还弄七个八个的在屋里，不成样子，但是这一回，老太太退让了。这是对儿子严厉申饬之后，伤了面子给他补上里子。而且这话里还有绵里藏针的批评，留下鸳鸯就是儿子的孝心，硬话软说，怎不叫儿子羞愧难当呢！果然，邢夫人回去后“将方才的话只略说了几句，贾赦无法，又含愧，自此便告病，且不敢见贾母，只打发邢夫人及贾琏每日过去请安”。

刘姥姥和贾母，一个在乡野，一个在京城，一个住茅舍，一个居华府，两人阶层身份、教育背景迥异，但是贾母却觉得和刘姥姥十分投缘。贾母爱听戏，能评戏，懂月下赏曲只需箫管伴奏之妙；刘姥姥能讲故事，编段子，能料理好菜好瓜。贾母能对不成器的儿子软硬兼施给予好一番教训，能雷厉风行整饬风纪，但是也能祥和乐天营造其乐融融的家庭氛围，延续了这个世家的荣光。特别是为孙辈们遮风挡雨出一片短暂的世外桃源；刘姥姥能对怨天尤人的女婿微言大义，然后自己身体力行地勇敢进城求门路，放低身段说软话、打秋风，并且能够在得到周济后努力生产、买田置业，使得小家脱贫奔小康，并能点滴之恩涌泉相报，将巧姐救出风尘。

这两个有了年纪的妇女，平时都不舞文弄墨，但是谁能不说她们才是“世事洞明皆学问，人情练达即文章”的一流作者呢？宝钗曾借贬低凤姐来捧贾母，说凭凤姐怎么巧也巧不过老太太去，凤姐则说最聪明的就是老太太，这话不是纯粹的奉承，是实实在在的总结。《红楼梦》里还有诸多细处体现了贾母的智慧，此处不一一细表。家有一老胜似一宝，贾母和刘姥姥这样的老人，正是千金难买的宝贝啊！

# 20

# 刘姥姥和王婆

英文有个词表示俗世生活中的小机智、小灵巧——street smart，直译为“街头智慧”，一望而知地接地气，能让人一看到就不由得会心一笑。它不记载于具体的教科书，也难以提炼出什么高深的范式，更难说有什么规律，但是它的范围很广，从怎样花较少的钱买到更大份的甜品、怎么从宾馆看似千篇一律的介绍中找出最具性价比的房型、怎样成功地把机票退了，到怎样借钱、怎样送礼、怎样组饭局，这些看似简单的小事其实埋藏诸多的机巧——机变和巧妙。

豪门大族掌握大把资源，他们固然也需要办事，但那是大事，需要大格局、大手笔，出手便是满满的仪式感（仪式感本身就是格局的一部分）。越是市井小人物，越是需要掌握街头智慧，这是小人物在狭窄逼仄的空间里灵巧腾挪，给日常生活加点糖的智慧。

《金瓶梅》和《红楼梦》这两部优秀小说，都有小人物的市井智慧灵光闪耀。

《金瓶梅》是一部世情大书，它的故事发生在商品经济繁荣的北宋晚期，商人西门庆从小财主成长为大富豪，他的诸多行动——即便是看似家务事的从纳妾到认干爹——充满了生意人的盘算和计谋。他的帮闲应伯爵之流也是深谙此道。他们作为出头露面、行走江湖的“社会人”，掌握市井智慧是应有之义，《金瓶梅》神奇之处在于，它在记叙一个更低层次的老年妇女时，也让她的“专业能力”充满街头智慧。

这个人便是一手促成潘金莲和西门庆一段孽缘的王婆。

王婆出场时，开着一家小茶馆，本小利薄，但也算得是自食其力的职业妇女。只是这位妇女除了明面上的开茶馆之外，还兼职许多业务。她从三十六岁没了老公，丢下这个小厮。于是她“迎头儿跟着人说媒，次后揽人家些衣服卖，又与人家抱腰收小的，闲常也会做牵头，做马百六，也会针灸看病，也会做贝戎儿。”这些行当中，抱腰收小的（接生）和针灸属于技术类，说媒，做马百六、做牵头（拉皮条）和揽二手衣服卖，都需要很好的口才，同时这些靠嘴皮子翻弄的兼职也需要她不断地放弃诚实，以至于到了贝戎儿，就是直接做贼了。简言之，王婆的生活并不如意，她不断地尝试各种不需要本钱的业务，在挣到菲薄酬劳的同时，她也在不断地让渡自己的良心。

所以《金瓶梅》的作者铺排王婆做这一段自我介绍，为她后来挑唆金莲杀夫埋下了可信的伏笔。到她能够攒下开茶馆的本钱成为一个“老板娘”时，年纪已经五六十岁，生活的渣石已经磨去了她最后的道德良知，同时也给予了她洞悉世态人情的老辣眼光。

王婆这个形象，即便没有笔墨描述，也已经可以通过这段不无自得的介绍给读者勾勒出一个整体的观感——她绝不是美的，而是带有某种奸邪的丑恶神态的。

英国文学评论家、作家弗农·李（Vernon Lee，1856—1935）曾经说过，小说只是一种“半艺术”的范畴，因为小说不能完全把丑恶的东西排除在外。并且，小说具有属于心理学范畴的特性——小说反映的生活、反映的人性、反映的道德情感，离不开心理的支配。一部美的小说，往往需要丑的反衬。

让我们跳开一下，看一看在艺术手法上部分承继了《金瓶梅》的《红楼梦》。书中大观园贵族命妇和小姐们有一次难得的哄然大笑，其“始作俑者”是刘姥姥。刘姥姥在豪奢家宴上被鸳鸯、凤姐等联手捉弄，吃口菜之前需要行酒令。在贵妇小姐们斯斯文文地行了酒令之后，轮到刘姥姥，她站起身来，高声说道：“老刘，老刘，食量大似牛，吃一个老母猪不抬头。”说毕鼓着腮帮子不发一语。这一出是满屋矜贵从未见过、大出意外的满分 one-liner 脱口秀。这一出固然是刘姥姥出乖露丑，可同时也是刘姥姥人生的高光时刻。刘姥姥任由凤姐将美丽的鲜花乱七八糟插了满头，这当然不美，但也潜藏了刘姥姥通达世情和心胸开阔之美。另一方面，诗礼之家怜贫惜老的美名，在这场热热闹闹的家宴上被出乖露丑的刘姥姥不经意地拉扯了下来，露出了权贵世家对底层村妇的怠慢和轻蔑。

当丑和美并行，人们才更感叹美的珍贵，也感叹美的难以辨别。

回到王婆。在她定下“挨光计”（偷情计）之前，潘金莲整体上是一个被侮辱与被损害的，但从容貌到心灵还是鲜艳美丽的形象。对这朵美丽金莲花的摧毁，虽然王婆不是第一个人（追本溯源得归咎于潘金莲的妈妈将女儿从小就卖了），但是人生的不归路是从王婆的茶馆开始的。西门庆觊觎潘金莲的美色，王婆觊觎西门庆的高额佣金，人性中的贪婪激发了王婆的市井智慧——我们暂且把“智慧”当作一个中性词吧。

王婆在安排十条“挨光计”之前，先说了什么样的男人可以得到女人欢心——“潘驴邓小闲”，这五个条件还属于明面上一看可知的道道（尽管模糊知道和清楚表述之间尚有不小鸿沟）。但是王婆厉害之处，在于“挨光计”的十个具体步骤，在于将阴谋深深隐藏在最正常不过的日常里（她先是赞扬金莲针线活好，请她来家做衣服，由此将不出门的金莲带离了安全地带），在于步步为营，在于对潘金莲每一步反应的精准预测。在她的精心谋划之下，年轻的金莲一步步落入圈套，到有所觉

察时难以抽身而退，暂且迷失在她以为是遇到了真爱的霁月风光里。

对于潘金莲是孽缘的开始，对于西门庆是得偿所愿，对于王婆，则是一桩非常得意的“专业中介案例”。王婆不在乎礼义廉耻，她的目标是完成客户西门庆所托，并且，在和西门庆阐述“挨光计”时，王婆充分运用了反问、设问、停顿、反复等等修辞艺术，通过“我难道阻挡他”“此事便休了”等短句，充分调动西门庆的好奇心、好胜心，充分表明了事情的难度，为得到西门庆的重谢做了足够的心理铺排。从这个角度来说，王婆不但是个业务娴熟的掮客，也是个高段位的“乙方”啊。

如果说这时王婆尚且还停留在熟稔“市井智慧”的逐利凡人层面，尚且可以理解其生活所迫之下顾不得纲常礼法，那么到后来她唆使金莲下毒杀夫，乃至亲手将中毒暴毙的武大尸体料理干净，再到收拾出一个整齐正常的祭奠现场，王婆都是冷静的主犯。她如此镇定的胆子从何而来？无他，有钱能使鬼推磨的另一面是有钱能使人作鬼。

王婆是智谋多端、心理强大的。但是不用在正途，一时得意，终究逃脱不了道义的惩罚，被凌迟也就是千刀万剐处死。《金瓶梅》末尾，西门庆死，潘金莲出，仍由王婆发卖。王婆为了多收二两银子拒绝了守备而将她交给了武松。之后作者用冷峻而凌厉的笔法，铺陈了一场鲜血淋漓、异常惨烈的金莲之死，其惨烈足以激发读者的想象，从而实现小说的道德教化功能。

如果说“美的本质就在于只需要知道它和看到它，便可满足希冀和向往”（圣·托马斯·阿奎那，1225—1274），那么反之，我们可以说，恶的本质就在于即使仅仅是知道它和听到它，便可引发厌憎和逃离。如果说潘金莲尚有被侮辱与被损害的因素而令人心生同情，王婆则成为杀人不见血、贪财谋利、怙恶不悛的代表。

《金瓶梅》中王婆不是主要人物，却以其艺术表现成为在中国家喻户晓的一个引以为戒的恶的形象。

作为一种对照，刘姥姥也是底层人物，年轻守寡，靠着女儿女婿过日子。但是这位老太太不甘贫困，也不怨天尤人，而是展开了积极的自救，即便这个自救首先要克服“舍下这张老脸”的心理关。她不识字，却很通人情，求告荣国府大宅不轻举妄动而是先求到王夫人的陪房周瑞家的门上，言辞巧妙地激发了后者的好胜心（要替刘姥姥办成这件事好显出自己的面子），在得到凤姐打发穷人性质的一点银子之后，当即要留一块“佣金”给周瑞家的。以及二进荣国府给贾母和宝玉编故事，看时机不对立刻换个故事讲得灵活机变……凡此种种，不一而足。但是当我们看透刘姥姥的这些小心思，决不会嘲笑她、厌恶她，而是同情她、理解她，到喜爱她、尊重她，再到佩服她、敬重她。

刘姥姥人性中的善，给予了《红楼梦》这个悲剧以一点平实的欢乐和珍贵的光明，王婆人性中的恶，开启了《金瓶梅》这部大书的世相批判。正如弗农·李所言："当性格的活动切实激起同情或反感时，这种同情或反感就是一种道德情感。"而"道德上的美总是需要某些道德上的丑来使之凸显"。《红楼梦》部分地承继了《金瓶梅》的艺术呈现，但总体上是一部青春之歌剧，大部分篇章是幻想中的美好世界，对人性之大恶的描述总体上是含蓄的。当我们把这两部优秀古典文学作品放在一起，尝试进行某种程度的平行阅读，比如王婆和刘姥姥，那么我们能够获得 1 + 1 > 2 的，更丰富的阅读审美体验。

# 21

# 宝玉可以不挨打吗

> 贾政一见，眼都红紫了，也不暇问他在外流荡优伶，表赠私物，在家荒疏学业，淫辱母婢等语，只喝令“堵起嘴来，着实打死！”小厮们不敢违拗，只得将宝玉按在凳上，举起大板打了十来下。贾政犹嫌打轻了，一脚踢开掌板的，自己夺过来，咬着牙狠命盖了三四十下。众门客见打的不祥了，忙上前夺劝。贾政那里肯听，说道：“你们问问他干的勾当可饶不可饶！素日皆是你们这些人把他酿坏了，到这步田地还来解劝。明日酿到他弑君杀父，你们才不劝不成！”

这是《红楼梦》中著名的情节，宝玉因为不肖种种而被父亲暴揍，奄奄一息，母亲哭，祖母怒，姊妹心疼，寡嫂伤心，长辈生气，嫉妒他的人则暗自称快。平素静声敛气的荣国府一时鸡飞狗跳。

为什么挨打？两条：在外流荡优伶，表赠私物；在家荒疏学业，淫辱母婢。其实贾政暴怒，是对儿子的愤怒逐渐升级的结果。开始，宝玉因为得知金钏儿自杀而惶悚失仪，贾政见了就不大高兴，须知君子坦荡荡，神色慌张、动作畏缩都不是世家公子应有的做派。《世说新语》中的美男子都有一个共性：气度大方，举止洒脱。贾政举荐贾雨村做应天府尹，也有欣赏贾雨村气度不凡的原因在内。总之，一个侯门公子，是不可以慌慌张张、胆怯畏缩的。贾政的不满还有前情：贾雨村来访，贾宝玉迟迟才出来拜客，已然失礼；既出来了，全无一点慷慨挥洒谈吐，仍是葳葳蕤蕤、萎靡不振。这个声名在外的世家公子，竟让做父亲的很没面子，已经存了一团恼怒在心里。

这些不满经过忠顺王府的带有威胁性质的告状而发酵了。贾府与忠顺王府素无往来，这“素无”二字点出贾府倚傍的政治靠山不是忠顺王一派，贾府作为朝中已无一二品大员而渐渐走下坡路的世家，也不过是某一派政治势力的棋子，对于另一派的，固然不能刻意结交，但也绝不敢挑起事端，远远避开明哲保身是为上策。忠顺王府的告状，意味着贾府得罪了这个政治势力。而且是因很不光彩的事情：私下结交地位卑贱的男性戏子到了很亲密的程度。宝玉有没有因为忠顺王府告状就敢作敢当地承认呢？并没有。他先是矢口否认——究竟连“琪官”两个字不知为何物，并且加上了表情——说着便哭了。一个不到十五岁的孩子，这一番表演是很能让父母亲相信他是受了委屈的。

忠顺王府长史官连发责问，及至说到私密的汗巾（系内裤的腰带），宝玉顿觉五雷轰顶，为了不让来人说出别的来——可见宝玉和琪官的交往，有甚于交换汗巾者——就说出了琪官的秘密。

忠顺王府上门要人这一节，宝玉先是撒谎，再是抵赖，最后为了自保而出卖了朋友。交往既深，美丽少年琪官被迫为老王爷的玩物之屈辱辛苦，少不得说与宝玉知，在郊外置下房舍，是这个优伶忍辱负重好容易做成的逃跑计划，不想却被好朋友宝玉出卖了。

这如宝似玉的公子，此时就是个顽劣的少年。可恨不可恨？

雪上加霜的事来了。已经气得目瞪口呆的贾政送走忠顺王府来人，看到小儿子贾环带着小厮一阵乱跑不成体统，喝令小厮快打！贾环为了转移父亲视线，添油加醋又告一状：哥哥拉着太太的丫头金钏儿强奸未遂，金钏儿姐姐赌气投井死了。

这时的贾政什么状况呢？气得“面如金纸”。如果说上一节还在震惊中没有回过神来，这一节则已经急怒攻心，倘若身患高血压，则很可能当场就气晕过去。

贾政喘吁吁、直挺挺坐在椅子上，满面泪痕，一叠声“拿宝玉！拿大棍！拿索子捆上！把各门都关上！有人传信往里头去，立刻打死！”这时的贾政已然下定决心要狠狠教训这不肖

子，但是请注意，在这样心神俱裂的情况下，他还能发令不许传到里头去。传给谁？住在内院的女眷，确切说是夫人和老夫人，尤其是老夫人。史老太君出身将门，年轻时利落飒爽，现在年纪老了但绝不昏聩，必要时完全可以行使雷霆手段。但是她之溺爱宝玉，是阖府都知道的。她自己也不以为意，当着众人直接呼唤孙子“好宝贝”，直接说“不用怕你父亲，有我”，甚至因为心疼学校里规矩多，叫孙子也不用拘礼去上学，再加上母亲王夫人推波助澜，由此才宠得宝玉如混世魔王。脱离学校教育，又没有很好的家庭教育引导，怎么不会纵容得孩子无法无天呢？贾政是知道这一点的，平时管儿子常遭到母亲的拦阻，他教育儿子的权力，很大程度上被母亲消解了。小孩子哪管谁对谁错，小孩子只亲近对自己宠爱有加的。

这一回宝玉过于不肖，贾政非要狠狠动用父亲的权力不可。于是暴打。但是这迟来的父之管教，受到重重阻力。先是孩子妈以退为进哭诉“老爷要勒死他，连我一起勒死，娘儿俩阴司作伴”。贾政只得丢开了笞杖，并后悔打得重了。然后，母亲大人颤巍巍地愤怒加码“先打死我，再打死他，大家干净”！再一语双关地指责儿子庸碌没有光宗耀祖，之后言辞凌厉地斥责贾政不孝，道德高帽一顶又一顶地压过来，对儿子能力的质疑也一层层地抛过来。五十岁的贾政作为朝廷四品官员、荣国府的男主人，在盛怒的老母亲面前只有唯唯诺诺。在贾政眼里，犯错该教训的是儿子宝玉。在宝玉眼里，犯错活该奶奶教训的是父亲贾政。

宝玉挨了打，结果怎么样呢？他想的是值了。宝钗来看他，一时心痛失言，红了脸。

> 宝玉听得这话如此亲切稠密，竟大有深意，忽见他又咽住不往下说，红了脸，低下头只管弄衣带，那一种娇羞怯怯，非可形容得出者，不觉心中大畅，将疼痛早丢在九霄云外……我便一时死了，得他们如此，一生事业纵然尽付东流，亦无足叹惜，冥冥之中若不怡然自得，亦可谓糊涂鬼祟矣。

这一段，固然可见宝玉乃闺阁女儿们的知己，可是不能耽于风月情事的教训，也随着丢到九霄云外的疼痛一并完全飞走了。他此刻关注的是宝钗娇羞动人。至于要好好读书的教训更是没有——一生事业纵然尽付东流，亦无足叹息。父亲贾政想要通过棍棒让儿子得到的教训：一不能耽溺情色，二须潜心学业，三须行动守礼，统统落了空。一句话：打了也白打。再一句话：进一步减少了贾政教育儿子的权力和机会。

养子容易教子难。无论什么时候，教育孩子都是难的，教育一个青春期的孩子尤其难。它是一场综合检验：父母在教育子女上能不能合作？如何应对常见的隔代亲也就是祖辈的溺爱？肢体暴力不可取，但是肉体惩罚是不是完全不可呢？仅靠斥责有没有作用？怎样应对积重难返、屡教不改？教训孩子，不单是对父母智力的考验，也是对其心理和生理的挑战。

让我们来做个理想主义的假设：如果贾政平时不是一见宝玉就严肃呵斥，而是如孔子般“温而厉”；如果贾政见了宝玉不只是查问学习，而是也问问儿子的诗词才能；如果贾政能和儿子共同探讨花草、探讨审美，培养共同的话题；如果贾政能够诚恳地和夫人及母亲谈谈教育理念、谈谈合作的必要性，那么上述“宝玉挨打”这一出家庭大闹剧基本上不会发生。一切大不肖就缺乏滋生的土壤。

不过孩子嘛，总是要犯错的。宝玉已然犯了两大错误——表赠优伶、淫辱母婢，确实应当好好教训。让我们再来做一次理想主义的假设：表赠优伶是关系到阖家政治安全的大事。宝玉年少不知轻重，此时正是做父亲的由表及里进行社会教育的好时机，也让这个锦衣玉食的公子有一些危机意识。人是一切社会关系的总和，十三四岁的少年，可以知道烈火烹油、鲜花着锦背后的干系了。

表赠优伶有好的一面，体现了宝玉的同情心。那就表扬儿子的同情心，讲讲恻隐之心，孟子说君子四端，恻隐之心仁之端也。由此还可以不着痕迹地和儿子探讨探讨四书这类必学科目。再之后还可以讨论一番君子喻于义的胆识意识，朋友不是用来出卖的，男子汉立世当有所不为。

表赠优伶还可以进行艺术修养上的引导。优质戏剧时有警句“令人余香满口”，贾政少年时好读书，但是仕途所用皆为公文，诗文上逐渐荒疏；宫里的大女儿也在诗文捷才上不大来得。那就可以和儿子探讨一番作诗之道，诗贵脱俗，父子俩大可以交流一番。再大胆点索性推荐儿子看一两本剧本，比如《西厢记》，步入青春期的少年，向往爱情的心理就算为当时社会不容，也值得理解，要去疏导，胜过偷偷摸摸。学戏，台上一分钟，台下十年功，引导儿子从赞叹琪官之美貌上升到欣赏艺术以及琪官背后的毅力。事实上诸多富有审美价值的艺术品，从昆曲到玉器，都与文人的推崇有关。这就可以变玩物丧志为玩物不丧志……

除了文化审美和道义上的沟通交流，还有一条父子俩可以共同建立，那就是规则意识。少年人的淘气，破坏规矩，是为了获得一时的自由。规则就是通过约束自由而带来更多自由的东西。真正的自由在于选择的权利。破坏规则，接受惩处，实质是对自由的部分剥夺。不妨民主一番，和宝玉痛陈利害，或者温和一点，动情晓理，和宝玉共同商量一个惩罚措施来。传统家庭的“家法”挂在墙上，冷峻沉默，轻易不得动用，非要动用，得说“请”家法。这家法，就是事先的约定，是父子约，也是君子约，是规则。惩罚性的规则不能常用，但是也不能全然不用。全然不用则还不如不立规则。

所以一个理想主义的假设是，贾政把儿子叫来，陈述原委，晓以利害，然后问道：你自己说说，该受一个什么样的惩罚？贾政最开始想到的是：罚月例银子，没钱总不能出去浪了。再想到的是：减少仆从，体力劳动自己做，没力气出去浪了，也由此觉得干活不如读书。

但是这两条对宝玉怕是没啥用。自己的月例银子罚了，不是还有妈妈和奶奶嘛，要买点啥让她们买。减少仆从，那就索性搬去奶奶屋里，让奶奶的仆人服侍我。

我想最好的惩罚是不许他见黛玉、袭人、晴雯等等。嘿嘿。

# 22

# 窗之意象

贾政检视即将完工的大观园，走到一处，忽抬头看见前面——

> 一带粉垣，里面数楹修舍，有千百竿翠竹遮映。众人都道："好个所在！"于是大家进入，只见入门便是曲折游廊，阶下石子漫成甬路。上面小小两三间房舍，一暗两明，里面都是合着地步打就的床几椅案。从里间房内又得一小门，出去则是后院，有大株梨花兼着芭蕉，又有两间小小退步。后院墙下忽开一隙，得泉一派，开沟仅尺许，灌入墙内，绕阶缘屋至前院，盘旋竹下而出。贾政笑道："这一处还罢了，若能月夜坐此窗下读书，不枉虚生一世。"

贾政为人严肃，不苟言笑，这一笑，从何而来呢？"月夜窗下读书，不枉虚生一世。"窗在何处？曹公并未直写。《说文·囱部》曰："在墙曰牖，在屋曰囱（即窗）。"则一带粉垣、三间房舍、后院墙上，想来都有牖窗。让贾政驻足而笑、

心生向往的好所在，应是后院一处，墙映竹影，窗含蕉色，又有细泉泠泠，蜿蜒而出。竹与蕉，植物也，身难动；泉者，流也，竹叶流水，脱离四方桎梏；窗者，屋舍之灵魂所寄。窗户，安于一墙，万难变动，然而它连接内部与外部世界，于方寸之中构建景观，唤起人心中的审美情感。月夜窗下读书，月色入窗，读书人抬起头来，推窗望月，明月皎皎，自然生出“我心光明”的读书人的清雅志气来。贾政学而优则仕的志向被额外赐官的皇恩终止了，这是他心头不能言明的遗憾。偌大贾府仕途经济系于他一身，老者余威赫赫，少者冥顽不灵，这个中年人在朝堂不能直抒胸臆，在家中不能尽享天伦，心中块垒寄予何处？唯念月夜窗下读书，与月对话、与书对话、与古人对话。邀来李白对饮，非独酌而有相亲；且听东坡吟词，有情何处不月圆；或感慨中年读书如庭中望月的局限；或笑话南宋御用画师马远“月下花前且把杯”的庸俗；或念及张岱妙评西湖七月半“止可看看月之（五类）人”的会心一笑……月夜窗下读书，书是眼前、是现在，月是遥远、是过去，而窗，是现在与过去的连接。

窗子静止不动，却从未停止记录变换：雨打芭蕉声声，好风翠幕凉生，蝉鸣不歇长日，檐压厚雪夜明。窗子静默不语，却从未停止摄录时间：观远山，而知夏山如醉冬山如睡；观近园，则察春柳如眉秋枫如霞。这种记录与摄录并非有意，唯如此足以让经过它的人们，心中升起偶然的一瞬。窗子连接的是人的肉身所处的外部世界，和人的灵魂所寄的内部世界。它唤起了人的向往。

于是，窗不仅连接了现在与过去，也连接了现在与未来。贾政少时喜读书，成年困于案牍劳形，月夜窗下读书是他对世俗生活之外的，自娱自乐、自给自足的精神世界的向往。人在江湖身不由己，簪缨世族赫赫扬扬，中年人贾政日常不得不严谨持重，这一回见了翠竹粉垣、屋舍小窗，平时被他刻意关上的精神之窗得以打开，于是才有“笑道：‘若能月夜坐此窗下读书，不枉虚生一世’”。虽然目下还难以做到，但总能有那么片刻、数晚，下朝回家，翻开书，静静读一会儿。若能在淡淡熏香之中，饮茶下棋就更美了。儿子说了：“宝鼎茶闲烟尚绿，幽窗棋罢指犹凉。”香与茶都不难得，别说西湖龙井，就算暹罗国进贡的茶叶，大舅哥也是能送来的。可是与谁人窗下手谈呢？夫人好念佛，无意棋道；小妾赵姨娘，一窍不通；倒不如客居府中的几个女孩儿聪敏灵秀，只可惜我既身为长辈，少不得端起架子……罢罢罢，人生不如意事十之八九。

窗的妙处，在于隔而不断。潦倒的贾雨村隔窗见到甄家的丫头娇杏回身一看一笑，便觉此姑娘慧眼识英雄，发达之后娶了娇杏，窗是佳偶天成的媒介，也是贾雨村这条贯穿《红楼梦》始终的人物线的叙事密码——刚刚中了进士步入仕途的贾雨村还是知恩图报的君子，后来则是落井下石的小人了。贾母论各色窗纱，纱虽薄透，却对窗外之景起到了隔而不断的作用，选用得当能够与窗外之景相得益彰。

黛玉和窗的联结就数不胜数了。窗下读书写诗的情节很多，另有两处生动活泼之处。第二十七回写道，林黛玉一边往外走一边跟丫头交代："把屋子收拾了，撂下一扇纱屉，看那大燕子回来。"黛玉虽要出门，却记挂着大燕子，可见得一方面春气日暖，另一方面黛玉此刻心情不错。黛玉是株仙草，是有着赤子之心的诗人，她困于深宅大院而向往自然，对大燕子的期待和召唤就是她对自然的期待和召唤。无独有偶，之后第三十五回，黛玉叫丫头把那只能吟她《葬花词》的鹦鹉连架子摘下来，另挂到月洞窗外的钩子上，自己则坐在屋子里，隔着纱窗调教鹦鹉，教它一些自己写的诗词。此时"窗外竹影映入纱来，满屋内阴阴翠润，几簟生凉"，这一场景，有文人趣味，也有少女情怀，再细想，则察觉黛玉内心之淡淡烦愁无处开解、无人可诉，唯有和鸟儿问答。

1696年英国因改铸货币需要巨额费用，想出了窗户税——窗户开得越多就要交越多的税。凡房屋有窗10个以下者，课税2先令；有窗10个至20个者，课税6先令；有窗20个以上者，课税10先令。所以一时之间平民百姓造房子不开窗，通气通风怎么解决呢？改设暗窗。足可令人想到懒政和恶政之下的上有政策下有对策。但是暗窗的通风采光功能与明窗不可相提并论，人们的健康大受影响，窗户税变成了对阳光和空气征税。这一税种直到 1851 年才得以废除。设计税种，兹事体大，可见一斑。

# 23

## 吃饭，饭局和饭聚

吃饭和饭局不是一回事。吃饭吃的是家常，饭局吃的是一切家常以外的事情。饭局本身是具象的，然而抽象却是它的底，是它的内核。抽象不到位，不足够，具象的饭局就组不成，遑论其他。

《金瓶梅》百万言，人物生动，市井全书，《红楼梦》之师，但是能读完全书的读者并不多，原因之一是它总体来说缺乏跌宕起伏的情节，基本上就是流水账，而这流水账里又绝大部分是在吃饭。吃饭，吃的都是人情世故。西门庆“热结十弟兄”，一起吃饭，谁坐在他身边，谁是叨陪末座，第一场饭就看出应伯爵是头号帮闲，而且他索性名字就暗含着“白嚼”。李瓶儿望眼欲穿等西门庆娶她过门，端午节精心准备下一桌好饭，有酒有肉有冷碟，更兼温柔可人地给西门庆解糯米粽子，得到了西门庆的一句准话。潘金莲聪明伶俐，和西门庆吃饭时也颇见巧思：纤纤玉手剥了新鲜莲子，擎到西门庆嘴边。美人素手剥莲，多有情致的画面，然而西门庆大老粗，直接说不耐烦这么吃。白赉光名为西门庆十兄弟之一，到西门庆家蹭饭蹭得旁人都替他尴尬。西门庆避而不见，架不住白赉光脸皮厚（也可能实在是肚子饿狠了），只得招待他吃饭，吃的什么呢？作者笔下刻薄：一碗牵荤带素的豆芽炒肉。牵荤带素四个字，白赉光的不招人待见跃然纸上。西门庆派家人到京中给蔡太师送礼，礼单丰厚，连带着家人也得到很好的待遇，请到隔间好生用饭，还得到了官职。

醉翁之意不在酒，吃饭之意不在饭。其由头，在饭之外，其构成，也在饭之外。

《红楼梦》受《金瓶梅》启发良多，吃饭场景也不胜枚举。最令读者印象深刻的，推刘姥姥二进荣国府和贾母等人的饭局为第一，应该不会有疑义。乡野村妪，豁出老脸，尽力演出，供豪门贵族妇女们开心一回。“老刘，老刘，食量大似牛，吃一个老母猪不抬头”，说着便鼓着腮帮子，不发一言。这一出好戏让锦衣玉食的诰命夫人、千金小姐们集体控制不住大笑大乐，殊不知心里美的却是刘姥姥。她提供了情绪价值，得到了实实在在的丰厚的物质回报。

吃饭，吃的是饭，听的是话音。宝黛钗三人在一处，黛玉的含酸，也是通过一桌吃饭体现出来的，是爱情扑朔迷离的少女心情。宝钗叫宝玉不要吃冷酒，宝玉从善如流，黛玉心

里不舒服又不好直说，就借着小丫头奉紫鹃之命送手炉来含沙射影：怎么我平时说你就不听，今儿她说你就听了。

吃饭，吃的是饭，看的是尊卑。凤姐流产了一个男胎，身体不好加之心情郁结，平儿耐心开解。于凤姐而言，平儿已然是唯一知己。然而到了饭点，凤姐虽叫平儿一起吃，平儿到底还是在床下服侍着凤姐吃了。主仆尊卑，一望可知。也可知凤姐素日之威，平儿之恭。

茅盾文学奖作品《繁花》，讲述上海人家半世纪故事。这部长篇小说的语言风格自成一派，最耐人寻味的是两个字：不响。1990 年代全民经商热潮，商界精英（或者混子）到乡下地方私人别墅摆了饭局，一顿饭，写了两页纸，倒有这个不响那个不响五六处。在"不响"之前，必然是有"响"的，饭局上谁说了什么？为什么这么说？说给谁听？说的人自然希望得到回应。然而得到的是某某"不响"，为什么不响，是心里有鬼被一语中的，还是言多必失不如守口如瓶？还是不明就里明哲保身？作者金宇澄说"上帝不响，像一切由我决定"。这是无声胜有声的境界了。

英国小说家毛姆，常于暗讽。在《面纱》一书中，沃尔特夫妇受邀参加香港要员汤森的家宴。当时英国对香港实行殖民统治，伦敦来人自然是上流人士，而且沃尔特是位青年才俊，当在嘉宾之列。毛姆一句话就写出了世情——沃尔特夫妇到得晚，派对已经开始，但是没有人注意到他们来迟了。沃尔特说在宴会上，科学家的存在是无关紧要的。沃尔特的新婚妻子凯蒂美丽动人，汤森一见之下，大为震撼，但是他要保持作为高级官员的身份，而医生太太算不得是高级贵宾，并不需要汤森俯就。可是凯蒂美貌啊！汤森怎么说呢？毛姆写道："请一定要给这样的一份特权，允许我坐在您的身边。"

一句话，就揭示了汤森的虚伪和好色。凯蒂之落入汤森手中，成为被欺骗、被侮辱与被损害的，由这一句听上去彬彬有礼的绅士之言开始。

好在，在吃饭和饭局之间，还有那么一段中间地带——饭聚。《寿怡红群芳开夜宴》一回，女孩儿们借着给贾宝玉过生日的由头，又是喝酒，又是行令，又是猜拳，又是摇签，小姐们开开心心，丫头们也见者有份。贾宝玉说不拘主子丫头，大家一起热闹才好。这一场饭聚，主仆身份界限模糊化了，突破了夜晚不得聚众喝酒的纪律规定，连一贯持重恭谨，孀居着的李纨也极力参与。年轻人关起院门自成一统，吃饭喝酒行令，抽花签彼此打趣，甚至略微突破语言的禁忌，好不热闹，好不快活。这一场饭聚，是人性深处对自由的向往。这一场饭聚，是年轻人的欢乐，也是年轻人暂时脱离身份和规训的约束，集体上演的一场初步平等的派对。

吃饭，也是团队建设、朋友深谈、亲情体验。如湘云吃鹿肉时出刁钻的酒令、黛玉和宝玉在薛姨妈院子里吃的家常饭、宝玉和柳湘莲等人吃饭唱曲等等，这里不一一赘述。

现代社会，三五朋友，没有明确的事要办，吃饭与其说是吃饭，不如说是找个坐下来聊天的地方。大家都好整以暇，轮流点菜，AA 买单，吃完拜拜，谁都没有负担。

从这个角度来说，“家宴是最高规格的款待”是恰如其分的。

# 第二部分 瓶中看人

# 1

# 理想女子孟玉楼

“玉楼人醉杏花天”，这句清雅的判词说的是孟玉楼。《金瓶梅》这部世情大书里女性角色众多，虽然就容貌而言都称得上漂亮，但是都各有明显的品行或智商的缺陷，唯有孟玉楼是唯一“高人”（张竹坡语）。作者兰陵笑笑生在孟玉楼身上着墨不算多，却塑造了一位理想女性的形象。

孟玉楼是个什么样的人呢？就简单事实而言，她最明显的标签是“三嫁”。

她在书中出场时的身份是杨姓布商的未亡人。丈夫去世了，但是她并不打算在夫家守寡，而是积极寻找出路——再嫁。

明朝中后期，对于妇女“守节”的倡议已经成为主流价值观，虽然普通市民社会对寡妇再嫁的接受度比官宦诗书阶层要高，但是对于当事人仍然是有诸多约束的，一个寡妇再嫁由不得自己做主，得由夫家的人说了算。即便是夫家的子侄辈，都能对寡婶发号施令。

然而孟玉楼不信这个邪。嫁给西门庆，完全是她自我选择的结果。

丈夫亡故之后，孟玉楼顾不上悲悲戚戚一味沉浸在悼念之中，而是积极放出信息，让媒婆们积极地帮她去物色人选。这是非常积极主动的行为。

一个强调女子大门不出、二门不迈的时期，作为新寡妇女的孟玉楼怎么来亲自面试丈夫候选人呢？接下来的章节十分精彩。

媒婆带了西门庆到孟玉楼家里，时间自然是约定好了的。但是孟玉楼有没有立刻迎出来呢？并没有。相反，她让人出来回话：还在梳妆。

“还在梳妆”四个字，大妙。作为相亲的女方，而且还是主动放出求相亲信息的女方，年纪也不小了，按说有年龄相仿又有资财的男子上门来，是难得的资源，女方心里该着急才对，但是孟玉楼却让西门庆等着。这是孟玉楼自抬身价。

怎么才能让西门庆坐着等她而又不让西门庆懊恼呢？理由是“在梳妆”。女为悦己者容，这话西门庆当然是知道的，一个女子为了见你而精心梳洗打扮，这个等待的理由会让男人心甘情愿、心驰神往。简单四个字，孟玉楼的淡定大气和对交往的分寸的拿捏，展现得淋漓尽致。

之后，孟玉楼出来了。丫头端上了茶。这里又有讲究可看。

孟玉楼没有端着架子让丫头奉茶，而是自己亲手先给西门庆端了一盏，次之给媒婆，最后自己端了茶。先给西门庆，一来是对让西门庆等待的致歉，二来得以近距离看到西门庆，“察其言，观其行”，心里好决定这场相亲进行的程度。次之给媒婆，一来是待客的礼数，二来也得以和媒婆眼神交流——媒婆哪个不是最善于察言观色的？她看中了西门庆，自然得第一时间给媒婆一个信息。第三给自己，这是当家娘子的做派。

接下来还有精彩处。西门庆和孟玉楼简单交谈了几句。孟玉楼问西门庆年龄——不待西门庆问，而是她先问，尽显主场优势。西门庆回答说二十八。孟玉楼几岁呢？先前媒婆跟西门庆说的是年方二十五，比西门庆小。但是两人见了面，孟玉楼喝了口茶，道：“奴家三十了。”

若是拍成电视剧，这时候边上的媒婆一定急得要跳脚。一个女人已然是寡妇，竟然还要老老实实说三十岁了，比男人整整大了两岁，这不是自设障碍吗？须知明朝时候女子十四五岁便嫁人的比比皆是，三十岁简直是中老年妇女。放到今天大概相当于五十岁的女人和三十五岁的男人在相亲。在婚姻市场上，高度不匹配！

好一个孟玉楼，不欺不瞒，大大方方，坦坦荡荡。

她有这份坦诚和智慧——须知一个谎言是要用无数个谎言来掩盖的，也是要看一看西门庆在知道自己年龄比他大后，一瞬间会不会有不情愿之色。相亲机会只有这一次，此人能不能嫁，孟玉楼是要从多个角度去观察考量的。

之后，孟玉楼继续掌握主动权。她又端详（词妙！这是她在细看，端详两字省略多少心理活动啊！）了一会儿西门庆，然后说："劳烦官人定个日期，奴家好做个准备。"

看，孟玉楼的意思有两层：其一，我看中你了；其二，我得热热闹闹、风风光光、堂堂正正地办喜事。

简简单单一场例行的相亲，充分显示了孟玉楼的大方淡定，更显示了她不显山不露水的聪明——无论是亲手奉茶，还是让西门庆定日子，她既实现了自己的意图，也照顾到了西门庆作为男人的"虚荣心"：我作为女人，充分尊重你。

她这种不张扬的智慧，使她日后在复杂混乱的西门家得以保全自己。

相亲一节，孟玉楼的智慧只是小露锋芒。虽然郎情妾意，但是孟玉楼的再嫁遭到了夫家人的阻拦。丈夫的一个长辈张四舅，关键时刻出来拦阻了。你嫁人便嫁人，只是这万贯家财得留下。

孟玉楼是很有钱的。杨姓布商经营多年，一朝身故，留下了诸多布匹不说，还有上千两银子，再加上两张南京描金漆拔步床。张四舅这就生了觊觎之心，他想得也有道理：家业嘛，自然是男人挣下的，你又没个一男半女留下，要再嫁改姓了，杨家的钱不能被你带走。

好一个孟玉楼，胸中有韬略。她早就料到会有此事，在丈夫去世时就把丈夫的姑妈接了来，同吃同住，亲亲热热。杨姑妈是一个孤老婆子，得到孟玉楼这番厚待，在孟玉楼的好事要被张四舅搅黄了的时候，杨姑妈的作用就体现出来了。两个一样是长辈，你张四舅不同意，我杨姑妈却是站在孟玉楼一边的。那我们两个老人儿可得理论理论。

于是孟玉楼导演了一场好戏：里屋，两个长辈端坐着慢慢说道；外院呢，底下人早得了命令——搬。

等到箱笼细软搬得差不多了，孟玉楼觉得两个老人儿也可以不用再打太极了。张四舅此时也只有生气地走了。

这一招明修栈道，暗度陈仓，孟玉楼玩得漂亮，审时度势、借力打力、步步为营的智慧，以及胸中自有丘壑的强大心理素质，缺一不可。

所以说，孟玉楼带上她全部财产嫁入西门庆家，是一场及时的、胜利的攻坚战。

但是话又说回来，孟玉楼虽然有智慧、有韬略，但这场再嫁的胜利攻坚战很快就显示出与理想的巨大差距。

当初让媒婆物色夫婿之时，她已放话是不肯做身份尴尬、似主实仆的小老婆的。为什么西门庆得到了相亲机会？正是因为媒婆说西门大官人家中虽有个娘子，也不过是续弦，而且一

贯地病病歪歪、管不来事；西门大官人好大的家业，你嫁过去了自然是要做当家娘子的。婚事也因此办得风光体面——作为对比，无论是钱财远超过她的李瓶儿，还是姿色远超过她的潘金莲，嫁给西门庆的过程都十分浮皮潦草。

所嫁非人，孟玉楼还是凭借着韬略智慧得以在西门家中安全地生存下来，成为连最嚣张泼辣的潘金莲都忌惮三分，却又不曾树敌的唯一女人，并且在西门庆暴毙之后，第三次把握了倏忽一现的命运机会，成功止损，走向了幸福人生。

孟玉楼这个人长得什么样？姿色算不得出众。年纪不小之外，脸上还长了麻子，虽然是“淡淡几颗麻子”，但那也是麻子啊！别的女人雪肤花貌、肌光胜雪，有麻子和没麻子的区别，大致相当于鹌鹑蛋和青壳鸭蛋、光饼和馒头的区别。

长相不出众，自然“以色事人”也就没有什么优势。而孟玉楼呢，完全也没有打算走这条路。上文说过，她原本是以为到西门庆家做当家娘子的，也就是“职业经理人”。以她和第一任丈夫经营布匹生意的经验来看，已然属于商界女性。那么西门庆的生药铺子之类，要是交给她料理也是有用武之地的。

可惜媒婆骗了她，西门大官人的正妻吴月娘不但正当盛年，而且有个当官的哥哥——大致相当于今天的市公安局副局长。精明的生意人西门庆当然晓得利害。他给孟玉楼的安抚是给她的座次进了一位——加塞到了原来第三位的孙雪娥前面，不让她垫底。

一入侯门深似海。孟玉楼入了西门庆家才觉上当，“再嫁攻坚战”赢取的不但不是个青葱山头，反而是片沼泽地。人生道路必须重新思考、规划了。

知，然后有定；谋，然后有行。个子高挑的孟玉楼将目光越过西门庆家内为了眼前蝇头小利而争风吃醋、藏奸用计的宵小庸众，确立了不争强出头、不选边站队、不拜高踩低、不忍辱负重的“四不”立身方针。

能力这东西，一旦掌握了就很难丢掉。例如你一旦学会了骑自行车，那么只要不遭到身体意外，就一直会骑。孟玉楼的能力，虽然没有在西门庆的商业王国里继续发扬光大，但是处理西门庆家上上下下人群的复杂关系，就完全用得上。

第一层能力是守拙不争。出锋容易藏锋难。聪明人要能够有远谋有定力，才能真正藏得住聪明，兜得住幸福。西门家最有“进取心”的是潘金莲——当然她也是不得不最有“进取心”地争取大老板西门庆的欢心，于是孟玉楼就凡事都不与她争，把风头都让给这个只能靠姿色安身立命的女人。有一回两个女人一起选鞋面，一块大红，一块灰黑，孟玉楼座次在潘金莲前头，于是有优先选择权。潘金莲说：“三姐选这个红的好看。”这还用说吗？大红缎子对上灰黑麻布，一眼看得出的。更重要的是，权力核心西门庆喜欢的正是“看老婆穿个大红睡鞋儿，为的是好把玩”。孟玉楼怎么做呢？原本她就可以选优，而且潘金莲又如此主动地摆好了让“三姐先挑好的”这一正确态度，孟玉楼完全可以顺理成章地拿下大红。但是孟玉楼不是一般的女人啊，她清楚地知道什么是她要追求的长期利益——不树敌，尤其不要成为潘金莲的眼中钉、肉中刺。于是，她拿起了灰黑麻布，说：“我年纪大了，压不住鲜艳色。妹妹你青春正好，大红色合适，爷们儿又喜欢。”喜得潘金莲连忙拿了，就怕孟玉楼下一秒就反悔。

通过一块儿鞋面，孟玉楼给了潘金莲明确的信息：我无心做你的竞争对手。非但不和你争，还愿意在你争夺的过程中助推你一把。

但是在复杂环境里，如果一个人只会退让，也是要吃苦头的。西门家中上行下效，无有不势利的，见到有利可图的肯定是要去算计的，李瓶儿就是个例子。她对西门家中所有人都忍让、送礼，但是所有人都“剥削”了她，死得甚是凄惨。她的坟头要树一块牌子——死于过分的懦弱。有人的地方就有江湖，孟玉楼必须要有退，亦要有进。从哪个身上进呢？擒贼先擒王，哪个女人最不好惹，就拿捏住她。

孟玉楼“退”的是潘金莲，“进”的也是潘金莲。进退都在一人，敬的是她，治的也是她，这个西门家中的人尖子被拿捏住了，其余人等自然有眼色。前“职业经理人”孟玉楼的成本管理与效益最大化意识在此发挥了出来。

只是有个技术问题：拿捏的分寸怎么把握？须知潘金莲此时已经和孟玉楼走得最近——这很合潘金莲的逻辑，在她看来，与孟玉楼常常一处起坐，属于同样聪明的两个女人的惺惺相惜。孟玉楼要治住潘金莲，却得在和气的、友好的，乃至亲热的氛围下进行——这友谊的小船不能翻！

孟玉楼需要一个机会。可是机会，也就是所谓命运女神的青睐，可不是由凡人做主的。它像大多数时候都在打坐的老僧，只有很意外的事情发生时才会偶然一睁眼。

不过聪明的孟玉楼属于看到机会淡淡的影子就会抓住并创造机会的人。就像足球运动员齐达内会抓住一个瞬间头球攻门一样，对于机会的把握，深入了血液，是本能。

机会的影子是什么呢？潘金莲得罪了大太太吴月娘。这事儿可大可小。可大，因为这是僭越，坏了规矩，虽然西门庆自己很不检点，但是管理妻妾还是有讲究的：正妻就是正妻，小妾再受宠，也不能僭越。这是规矩。世事往往这样，掌握绝对权力的人对自己不讲规矩，对别人却很讲规矩，规矩是他进一步放大权力的工具。西门庆是不容小妾们坏规矩的——今日挑战正妻，明日还不是连官人老爷也不放在眼里了？此风不可长。可小，西门庆一向不怎么待见吴月娘，又很吃潘金莲作娇作痴、连嗔带喜那一套，潘金莲敢惹吴月娘也是掂量过的。也就是说，潘金莲落了一个把柄，但是这个把柄还是个影子，没有坐实。治住潘金莲，孟玉楼需要把机会的影子坐实。

接下来，孟玉楼集编剧、导演和主演为一身，创作了一场好戏。

她先是拜会吴月娘，与其达成了应当对潘金莲有所惩戒的共识——吴月娘是个庸人，虽然占据了太座，但是有名无分，早就看不惯潘金莲恃宠而骄，只是拿她没办法。孟三儿的拜会，一是摆明了“老大我挺你”的态度，二是作为谋士要给吴月娘出力，更重要的第三点，是以此得到了行动批准令。名不正则言不顺，言不顺则令不行。

然后她以知心姐姐的身份来到了潘金莲处。先声夺人：你可闯了祸了！官人知道了可饶不过你！潘金莲虽然嘴硬了几句，毕竟心虚。这时孟玉楼递上梯子：为今之计，只须得太太不声张，就大事化小，小事化了。

知易行难。潘金莲骄纵惯了的，刚刚撕了吴月娘的脸，怎么肯马上去低头认错？这就僵住了。

要说孟玉楼不是一般人呢，她早就想好了。有钱太太的消遣之一是看戏，而戏子是身份低微的。孟玉楼的计策是让潘金莲扮一出戏——这一招甚妙。一来，此前潘金莲为了固宠也装扮过一回“戏子”，效果很好。孟玉楼这一提议相当于再次表示对于潘金莲创意的点赞，是对潘金莲智力的认可。人总是很乐于复制自己的成功，因此，孟玉楼这一提议不会遭到潘金莲的排斥。然而还有个坎儿：扮成戏子哄西门庆高兴是一回事，到吴月娘跟前又是另一回事了。小潘还有点不乐意。

孟玉楼怎么说动潘金莲呢？——又不是你跟太太伏低，不过是娘儿们之间玩耍一下罢了。

孟玉楼在这里引入了“我非本我”的概念：“你”不是你本人，是你扮演的一个影子，要去一个虚拟空间，却能替真正的你本人承受实锤、渡过难关。

说动了潘金莲，戏有了九分，离孟玉楼实现治住潘金莲的目的，还有最后一步。孟玉楼怎么做呢？

她把小厮装扮的潘金莲推到吴月娘跟前磕头：亲家母，我这儿年幼，惹恼了你，我当亲娘的已经在屋里教训过他，他也知道错了。还请亲家母这回看我面子饶他一回，若再犯，亲家母你重责他，哪怕赶他出去，我也是不容留他的！

这番话，潘金莲一听气啊：怎么突然地我就成了你的儿，比你平白矮一辈了？你和吴月娘亲家长亲家短的，一样都是西门庆的妾，凭什么埋汰我而抬高你自己啊？

潘金莲喜怒形于色，何况厉害惯了的人哪里能容得了这么突然地被降级，于是跳起来就往孟玉楼身上招呼。

眼看戏要崩。但是好戏都是要曲折的，越是千钧一发越是要能够峰回路转，这才是奥妙无穷的神转折。

孟玉楼吟吟笑道："你个奴才，你看着亲家母刚给你好脸色，你就不知道好歹打起老娘来了。"

这一句提醒，妙啊！

一来是提点小潘儿：你抓紧看看太太脸色，你的危机过去了没？脑子搞搞清爽，什么是核心任务？

二来是给吴月娘递话：太太啊，您差不多得了，我今天是来劝和的，别揪着不放啊。您看我都为了您而遭了潘金莲的恨了。

三来，最高妙之处是她"吟吟笑道"。潘金莲跳起来要打她——女人撒泼无非是扯衣服揪头发，姿态要多难看有多难看。但是好一个孟玉楼，不闪不避，大大方方，脸上带着自然、平和、大气的笑，语气与日常话语没有什么不同，这才是"吟吟笑道"。这是胸有定力、把握大局、化解危机的大将之笑。这笑缓解气氛，化干戈为玉帛。这笑也是强调"玩笑"。潘金莲也是个聪明的，这一笑一闹也灵醒过来，就坡下驴。至此，孟玉楼这场"金牌调解员"大戏完美落幕。

劝架的核心技巧，不是讲道理，站哪方不站哪方。吵架开战的双方，都是固守执念的，要不然也吵不起来。很多时候人们吵架为的不是争个道理对错，而是为了争面子。所以劝架，重要的不是去判断是非曲直，这得交给法官们去做。家长里短的劝架，要紧的是恢复和气，恢复和气之后还得低头不见抬头见。也就是说，这劝架不能光顾着眼前，还得考虑从今往后。所以，劝架的得能够顾及吵架双方的面子，都得让对方下得了台。

金牌调解员孟玉楼牢牢把握“顾及双方面子”这一劝架核心理念，成功化解了矛盾，堪称事实上的团队领导人。问题是，吴月娘从潘金莲那儿收回了面子，而潘金莲也没有因此失了面子——根据能量守恒定律，这不科学。那么，“面子”从哪儿来的呢？

孟玉楼无中生有制造出来的。她敏锐地从“吵架”这一矛盾中提炼出对立双方的精神需求，而不是庸俗地陷于送礼示好这一物质层面，意识到精神满足是已解决物质需要之后的双方最重要的渴求。孟玉楼成功抓取了矛盾的核心。然后她就进行针对性的策略谋划——既然“追回面子”和“保住面子”是核心需要，而对立双方又都怒目而视，那么孟玉楼要做的就是创造出“面子”这一核心产品。看戏演戏本是寻常消遣，但是孟玉楼将看戏演戏创造性地用于调解矛盾，化解冲突。从这个意义上来说，孟玉楼属于将“文化传统”实现了用途上的“创新型转化”。

孟玉楼创造出了“面子”，这面子到矛盾双方那儿各自转了个圈，然后，悠悠地走了。人都会进行选择性信息过滤与解读，吴月娘选择的是“潘金莲今天栽我手上了”，潘金莲选择的是“我不过是陪孟三姐玩了一场，并没有把我的真面子奉上”。而孟玉楼呢？笑语盈盈间，面子可是大了不止一圈。

吴月娘自不必说，拿她当个有功之臣，围观妾仆们旁观者清，全然明白孟玉楼才是灵魂核心，而潘金莲过了这一场风波，回头想想，也得明白是被孟玉楼借劝和而摆了一道，但是还有苦说不出，从此增加一分对孟三姐的忌惮。孟玉楼由此成了西门家内眷团队中的真正核心。

在错综复杂的生存环境里，争强好胜不知止，一味求进，很容易烈火烹油，之后就迅速化灰。忍气吞声不知进，一味求退，则逃不过被集体霸凌的命运，固然有可能多年后有人良心发现一声叹息（比如西门庆在李瓶儿死后想起她诸般好处很是哭了几场），可又有什么用呢？

最要紧是平衡。不极端，事儿好办，人就舒服、通气。

平衡带来内心的安宁，内心的安宁指向真正的持久的幸福。

把握平衡很不容易：要在各种要素此消彼长的矛盾冲突中非常及时地调和，早一秒都会产生失衡，必须得胆大心细。还要有往前看的格局，走平衡木时眼睛盯着脚尖是不行的，秒秒钟摔下来。

一句话，平衡是宏观和微观的取舍与调和。

金学专家张竹坡一边看《金瓶梅》，一边为孟玉楼所折服：一会儿批下“高人”，一会儿评她“乖人”。让这个对书中大量人物批评不绝的人一再赞扬，孟玉楼的过人之处，当然不止为人知分寸、有进退这一点人际关系处理的本事。如果只有这一层，那么她最好的命运也不过是在西门家求得保全、荣辱与共罢了。

可是孟玉楼经历过西门家的烈火烹油，在家道败落，人财尽散，眼看她要守寡终身之时，她反而又一次推动了命运的神奇大转盘。

《金瓶梅》一部大书，莺莺燕燕鲜花着锦后风吹雨打，蜂死蝶散何其多矣，唯有孟玉楼的结局好到以章回题目直接总结《孟玉楼爱嫁李衙内》，注意关键词——“爱”。孟玉楼非但嫁了，而且嫁给了爱情，她与李衙内一见钟情、两情相悦。李衙内对孟玉楼的爱是经过了考验的。即使孟玉楼遭到落魄潦倒的陈经济对她品行的诽谤，李衙内仍然完全信任孟玉楼是值得爱的好女子。官居“地级市副市长”的爹不能容孟这个西门家出来的，还比儿子大六岁的寡妇为儿子正妻，要儿子休了她，为此暴打儿子，儿子即便被打得皮开肉绽，仍然跪着叩头，流泪向父亲明志“宁把儿子打死在爹爹跟前，并舍不的（得）妇人”。

这时候在后面的孟玉楼“掩泪潜听”。哎呀呀，一对有情人，一个堂前，一个屋后，为了能够厮守，双双垂泪。李衙内的泪，是挨打吃了痛，是舍不得孟玉楼的痛，也是违抗父命的难。孟玉楼的泪，是对李衙内的心疼，是对他拼死也要维护自己的感动，也是对自己一嫁再嫁三嫁而竟然终于得遇良人的悲欣交集。

这一幕垂泪，真真是《金瓶梅》里最是情深的一幕了。

心有静气，胸有定力，头脑清明，孟玉楼一流的综合素质支撑她渡过了夫死家散的危机，继而得到了命运的青睐，获得了最为美满的结局：三十七岁的孟玉楼和三十一岁的李衙内做了恩恩爱爱、堂堂正正的正头夫妻，返回李氏老家，一心一意经营幸福生活。

作者兰陵笑笑生对孟玉楼的偏爱真是大极了。以明朝女孩十五六岁就普遍嫁人来看，三十七岁的孟玉楼实在堪称中老年妇女，但是比她小六岁的官二代仍然矢志不渝地爱她、娶她。而且这个李衙内“一表人物，风流博浪”，长相风度是很不错的，品行上也没有多大的不端。想想前段时间英国哈里王子结婚，因为新娘三十七岁、离异、平民，媒体很是喧嚣了一阵子。而《金瓶梅》四五百年前就这样安排了！奇书之奇，可见一斑。作者的偏爱并没有到了让孟玉楼嫁给爱情就停止，看看他给孟玉楼安排的婚后生活：两人没有待在繁华而势利的大城市，而是去了小县城枣强老家，岁月静好，两个人只消“相看两不厌，只有敬亭山”。

为什么这样安排？不得不说作者目光如炬。《金瓶梅》是一部世情大书，而不是浪漫小说、传奇故事，作者不美化生活，而是合理记录。他预见到这桩门不当户不对的婚姻在“熟人社会”而且又繁华又势利的城市会遭致非议不断，为日后的幸福生活增加许多龃龉，所以他索性安排这一对触犯世俗禁忌的爱人去往乡下老家。

孟玉楼的结局美满幸福，其本人的智慧素质固然是非常重要的因素，但是让她能够有进有退、大胆三嫁的更深处的理念是什么呢?

这就得放到时代文化背景下来看了。我以为，孟玉楼（当然实际上是作者兰陵笑笑生）是受到了王阳明思想的积极影响。有人考证《金瓶梅》成书时间大约在隆庆至万历年间，此时，距离王阳明（1472—1529）“龙场悟道”，对“心”有悟，距其创设书院，“王学”开始广为传播已近百年时间。作为能够写出一部世情大书的兰陵笑笑生，受到王阳明“心学”的影响并流露于笔尖，从时间逻辑上是成立的。而《金瓶梅》所描绘之社会生活，大体上涉及到浙江如湖州、杭州，北上至山东一带，也是王阳明门徒将心学发扬光大的地区，所以说作者受到王阳明思想的影响，在空间逻辑上也是成立的。

王阳明说：“身之主宰便是心，心之所发便是意，意之本体便是知，意之所在便是物。”意思是说，心是身体和万物的主宰，当心灵安定下来，不为外物所动，心本身具有的巨大智慧就能够得以外化。孟玉楼的智慧就来自于她的本心。无论是第一任丈夫亡故时改嫁遭到夫家长辈阻挠，还是再嫁西门庆发现遇人不淑后她顺势而为改变策略，抑或是西门庆死后吴月娘要她留守终老，她口中答应心中却另有主张——“到没的担阁（耽搁）了奴的青春年少”，以及最后偶遇李衙内，经过掂量盘查终于结成夫妻，这一路曲曲折折，孟玉楼始终没有乱了章法，无论外界环境是艰难还是富贵，肮脏还是孤寡，她始终坚持的是做一个“自了汉”——我的事情我做主。秉持着这样的“一心”，她才能够始终把握大局，进退有度，逆势翻盘，人生开挂。

王阳明的世界观是“心即理”，与传统的“理在天”相对，是对人性的莫大尊重，是呼唤人格独立，是呼唤思想解放。孟玉楼以高龄寡妇之身，三嫁而终得良缘，首先在于她没有因循古礼，为一个她并不爱的再嫁丈夫西门庆“守节”，她是一个活生生的人，有向往幸福生活的权利。她和李衙内的婚姻也不是被动的，而是在清明节给西门庆上坟时就“远远看见”，两下里互生情愫，更妙的是之后她向李衙内派来的媒婆问话，话锋凌厉，直中要害，是一次非常直接的主动的盘查。

王阳明提出“致良知”，这里“致”是动词，前往、达到的意思。他认为人心中自有善念，能行此善便是贤。《金瓶梅》这部书人物众多，太多太多人有明显的品行瑕疵，谋财害命、仗势欺人、颠倒黑白、见利忘义、寡廉鲜耻等等，不一而足，但是孟玉楼是一股清流。她是存良知、行良知的。在第一任丈夫死后，她善待丈夫的孤寡姑妈；给落落寡合的吴月娘出主意，赢得西门庆的心并且得以有孕；即便对潘金莲，她也是适可而止，让小潘知道利害就好。后来她还给小潘的老母亲出车钱、周济磨镜子的老人……孟玉楼这些小而切实的“良知”，固然及时帮到了别人，其实也为自己的生存带来了良好空间。

《金瓶梅》的作者到底姓甚名谁，至今是个谜。这部大书看似花团锦簇，烈火烹油，其实蕴含着巨大的生命深处的悲怆。作者对孟玉楼的理想安排，是他对人间种种真实情况的真切悲悯。而这种悲悯，很可能受到了王阳明的影响。

# 2

# 悲情女子李瓶儿

李瓶儿是《金瓶梅》的主角之一。她有钱，漂亮，见过世面，性格和顺，给西门庆生了个儿子，一度颇有天伦之乐。

李瓶儿爱西门庆，爱得心甘情愿，爱得忍辱负重。她说西门庆“是医奴的药”。只是，这药非但没救了她，反而要了她的命。

李瓶儿身上，发生了些什么?

提到李瓶儿，首先想到的是她有钱，相当有钱。

西门庆与李瓶儿初次幽会，按说此时应无暇他顾，可是非也。李瓶儿卧室的奢华气象，让西门庆大出意料。须知此时西门庆已算个有钱人，能让他受到刺激，则李氏家中富贵绝不一般。

李瓶儿的钱哪儿来的?

起先，李瓶儿是梁中书的妾，梁中书贪腐事发，夫妻二人逃走，李氏走散，身边带有值钱细软。

后来李瓶儿经内务府花太监之手嫁给了他的侄儿花子虚。内务府是个什么机构？专管皇家开支的，是皇帝心腹，也是肥缺。皇家要穿什么丝、喝什么茶乃至用什么马桶，都得经过内务府。作为垄断皇家生活用品的采购代理人，可以想见有多少银子排着队要滚进内务府管事太监手里。民谚“树小墙新画不古，此人必是内务府”，一语道破内务府当差的受贿后的迅速致富以及附庸风雅。

李瓶儿嫁给西门庆前后，判若两人。

李瓶儿在嫁给西门庆之后是十分贤良淑德的。她不吝钱财，对西门庆一家子刻意笼络。除了还没过门时就找理由给吴月娘送金簪子这样的贵重物品，过门后即便对家人仆妇也是慷慨大方，随便跑个腿办个事就是整锭银子地给小费。对待名为讲佛经实为吃大户骗银子的尼姑道婆也很客气。

她和西门庆生下了儿子官哥儿后，对待夫妻生活不再如从前那样投入，而是一边给孩子做针线衣服，一边和西门庆话家常，正是平常和睦夫妻的春和景明气象。

她也不争风吃醋，在病中还推着来看她的西门庆往五娘房里去，免得五娘吃醋生事。她也不僭越礼数，对待正房太太和比她早入门的几个妾，一律唤作姐姐，执礼甚恭。她为人很善良，对认来做干女儿的风尘女子吴银儿，不埋怨她不来探望伺候，而是临终时还想着给她一些贵重物品。总之，她的一切行止，称得上贤淑。

然而，李瓶儿在嫁给西门庆之前非但称不上贤良淑德，反而是一个相当狠心而又花心的女人。她是花子虚的太太，可是为了西门庆，她在花子虚还在吃官司期间，就早早地趁夜将家中细软和几十个箱笼翻墙送到了西门庆家中。花子虚回到家中，看到原本数一数二的富贵之家而今家境凄凉，想着问一声西门庆打点的银子还有没有剩的，也好买处小房子做个小营生，却被李瓶儿骂了个半死。李瓶儿给了西门庆三千两，西门庆只用了一千两。花子虚曾经是西门庆的十兄弟之一，西门庆倒是想还他个五百两的，却被李瓶儿拦住了——这时节，李瓶儿有什么夫妻情分？她已经完全站在西门庆一边，拿自己当西门庆的女人了。这还不算心狠。花子虚家败了，内心也气闷，生起病来，可是李瓶儿却不为他延医问药。潘金莲被安上杀夫的罪名，其实从策划到下手终究不是她自己，她是一步步被裹挟进去的。李瓶儿虽不曾下砒霜，心里的狠毒却更甚十分。花子虚是病死的，更是气死的，气西门庆没有兄弟情谊，更气李瓶儿不念夫妻之情，气上加气的是兄弟、妻子联手先背叛再抛弃了他。做冤大头没有比花子虚更冤大头的了。看到此处，我每每要想起“最毒妇人心”这一句——这样说李瓶儿，实在不算冤枉了她。

李瓶儿也算不得对西门庆一往情深。花子虚死了之后，李瓶儿原本让西门庆赶紧娶她过门，可是听说西门庆可能受到惹了官司的亲家的株连，就急急忙忙地招了游医蒋竹山入赘，并非一心一意等着西门庆的诚心。也因为这个缘故，西门庆在后来娶了她之后，连续三天不进她的房门，这样故意的冷落和羞辱，使得李瓶儿差点自尽。（古时男人对于女人的忠贞要求，是数十倍地高于他自己。男人凭什么有这种凌驾女人之上的权利？单方面的要求、巨大的不平等虽然可以一时内辖制女人，却不能真正收服女人的心。当然，在这样的男人心中，本就没有“女人的心”这回事，他只要他自己心里畅快，为所欲为就可以了。男人物化了女人，而后，他物化了他自己。没有灵魂的爱不会长久，正如未获得尊重和情感的物体，不论多繁复，一定会速朽。）

这样一个暴烈的毫不怜香惜玉的西门庆，差点使得李瓶儿走上黄泉路的西门庆，为什么能使李瓶儿说出“你就是医奴的药一般”？西门庆医了李瓶儿的什么病？

李瓶儿是个什么样的人？她见过世面，有巨额财富，容貌出众，会抚琴唱曲，是富户花子虚的正头娘子。西门庆和她刚遇上时，还没有后来那些财富和权势，只是一个普通小财主。那么发生了什么，使得她可以不管不顾自己的家和丈夫，一心一意从钱财到身心统统投奔西门庆而去？即使在新婚后受到西门庆的刻意冷落，她还是能忘记曾经遭到的轻贱，对西门庆说“你就是医奴的药一般”？她对于西门庆的感情，因何而起？

遇到西门庆之前，李瓶儿是花子虚的老婆，花子虚是花太监的侄儿。花太监当然没有亲生儿子，所以他对待花子虚就如同对待儿子，李瓶儿是他为侄儿娶的媳妇，因此李瓶儿该叫花太监公公。然而花太监这门亲却娶得相当蹊跷。

前面说过，李瓶儿很有钱。再看她这些财富，往往有出处——从鸽子蛋大的东珠、内造的锦缎，到春宫图册，这些绝不是普通富裕商户能拥有的，它们代表着高贵的出身，是皇宫气象。李瓶儿早先是梁中书的妾，到了梁家吃了官司逃难，（按：《金瓶梅》一书中多次提到吃官司，西门庆女婿陈经济家是因为官司而投奔岳父，西门庆自己也在入了官职之后遇到官司，在他手上还为扬州商人苗青摆平了一桩官司，把宋蕙莲的丈夫来旺赶走用的是官司，逼死宋蕙莲的老父亲也是借用了官司——官司虽多，却不是严刑峻法，而是贪腐横行，各种权力寻租在无中生有的官司中上下其手，覆雨翻云。《金瓶梅》不是简单的色情小说，而是辛辣的世情大书，由此可见一斑。）随身只有一点头面首饰和一把卖唱的琴。那么她后来的财富从何而来，不言可知了——都是花太监给的。

花太监不止花子虚一个侄儿，好几个呢，可是唯独花子虚一房独得许多财宝，以至于花太监死后，花家兄弟几个以“独吞花太监财产”为名将花子虚告了官。为什么花太监唯独对花子虚这一房青眼有加呢？老太监不是怜子虚，而是爱瓶儿也。

笑笑生开始在李瓶儿的财富上埋下了草蛇灰线，又在花子虚家的住房分配上再提一笔——老公公的房是紧挨着李瓶儿的房的，但是并没有道破李瓶儿与老公公的不伦关系，直到有一回李瓶儿与西门庆私语，讲到了看不上花子虚，李瓶儿道："况且老公公在时，和他另在一间房睡着，我还把他骂的狗血喷了头。"这简直是做在明处了。花子虚根本就是花老太监的傀儡，头上的帽子是翠绿翠绿的。

那么李瓶儿愿意和花太监在一起吗？以伦常观念，李瓶儿不会乐意。更重要的是，与花太监在一起，李瓶儿绝无床笫之欢可言，而是忍受了许多生理和心理的凌辱。

香港导演李翰祥导演的风月片《金瓶梅》中，李瓶儿是以受到花太监性虐待的形式出场的。这是李翰祥对于一个"去了势"的老太监性心理的合理推断——以其不能，用之其极。李瓶儿是老太监的玩物，被凌辱和损害的玩物。

可是李瓶儿终究是一个女人。既然曾是梁中书的妾，那么她就经过人事；经过人事，则可以被撩拨（花太监既然有春宫册，一定无所不用其极，花样百出）；撩拨之后，却又得不到满足。这种人性本能引起的焦灼足以使一个女人无奈而愤懑。

"食色，性也。"[1] 两千多年前的古人生活在物质并不富足的年代，但是却一语道破了人性两大本能。孔夫子有一句话：

[1] 白平：《孟子详解》，人民文学出版社，2021年。

“吾未见好德如好色者也。”[1]张骞出使西域，途中被匈奴俘获，穷途末路，孤悬海外。然而即使这样，他还是找了一个女人，与她一起生养了孩子。性的本能简直如野火烧不尽的野草那样顽强。

从没有吃过肯德基的孩子不会馋肯德基，从小就吃过的孩子则很难抗拒。虽然对于原料供应商的负面报道会让孩子暂停，可是过了一阵，舌尖底下埋藏的味觉记忆又会蠢蠢欲动。

李瓶儿就是这个吃过了炸鸡，很久吃不到，又老是看见香味扑鼻的炸鸡腿在嘴边晃的那个孩子。这种焦灼的心情是可以致病的，而且这场病还不能对人言。

花子虚是指望不上的。《金瓶梅》一书对人名有暗指。花子虚，顾名思义，花心而体虚，他满足不了李瓶儿。再则，一个男人但凡稍有点男人气概，就不会对自己的叔父和妻子的苟且之事长期隐忍。花子虚不是李瓶儿愿意相守的男人。

那么西门庆呢？

小说中，李瓶儿首次遇到西门庆，是被他的器宇轩昂吸引，于是第二回相遇则是李瓶儿主动了——西门庆离席解手，李瓶儿隔着竹林偷窥。可以说，在与西门庆的关系中，李瓶儿十分主动。驱使她主动的，正是本能。西门庆何许人也？久惯牢成的。何况见到瓶儿卧室各种华丽铺陈以及一溜儿箱笼，心中已经起了夺财之意。（按：西门庆是料理生意的好手，是精明的

[1] 孔丘著，陈典译注：《论语》，江西人民出版社，2016 年。

商人。作家格非在他的《雪隐鹭鸶》一书中对西门庆的经济型人格有过透彻的分析。欲夺其财，先夺其人。李翰祥在他的电影中也对西门庆的这一心态做了展现。）

无独有偶。前几年有一部电影，片名叫《桃花运》，讲几个单身女人的情事。其中有一个五十岁左右的商界女人，对三十岁上下的年轻人动了心——导演用了一个性暗示的场景来表现她先被年轻人生理征服，酣畅淋漓一场下来，她觉得离不开他了。

还有一个例子是著名的《色·戒》。王佳芝对指派她做间谍的领导说，本来是唱一场戏，可是后来戏假情真了，他像一条蛇，从身体里钻到了她心里去了。领导听得局促，以至于怒喝“别说了！”这一句依稀是张爱玲小说中的原句。张爱玲是一个很纯粹的女人，生活在大家族的察言观色中，大量地阅读文学作品，以及长大成人后的恋爱经历，使她相当懂得女人和性之间的关系。在自传色彩浓厚的《小团圆》中，她描述女主人公对于男主人公性行为的感受和依恋——像小鹿到溪边饮水一般，毛茸茸的，一拱一拱……

“医奴的药”被张爱玲几次用到了她的小说里。先是《沉香屑》里，小姐生了病，恹恹的，但是只要未婚夫一来，她的眼睛便有了光彩。张爱玲叙述说他是医她的药。贾宝玉跟林黛玉表白：我为你也弄了一身的病在这里。虽然是少年人稚拙的可爱，但是对于女人心的击中力度，相差“你是医我的药”好几个层级啊！“你是医我的药”，简简单单几个字，被一个男人深情款款地说出来，比喻之奇妙，之熨帖，之对于女人的抬举，没有几个女人能够挡得住。所以熟读《红楼梦》的张爱玲，舍不得不用“医我的药”这个譬喻。后来在《倾城之恋》里，她又让浪荡公子范柳原对徐娘半老，处境尴尬的白流苏说了。

女人是医男人的药？非也。这句话一出，女人反而是被男人下了药了。女人会以为自己具有神奇的魔力，乃至于蛊惑了这个男人，迷药解药尽在自己手中，自己是这个男人的唯一。男人用这句简单的话，轻松让女人沉浸在幻觉里。女人不是医男人的药，反而是被这个男人下了迷幻药啊。

可惜，《金瓶梅》里头说这句话的不是男人西门庆，而是女人李瓶儿。而西门庆是宁愿用胡僧的虎狼药，也不吃瓶儿这百般依恋的药的。

情场高手有一个说法：谁先动了感情谁就先输了。我也曾经纳闷为什么青楼女子往往红颜薄命，郁郁而终，比如茶花女，比如苏小小，比如陈白露。老鸨告诫姑娘们的话往往会有一句：“搭上身子可以，千万别搭上心，搭上心就是个死。”是相思成疾吗？杜丽娘春日游园，与柳梦梅梦中相会，从此便形容消瘦，水米不进，怀春少女在春天的一个春梦，始终不能轻飘飘溜走，到了秋天变成了催命索。青楼女子和交际花为某个男子动了心，却不能将身按住不动，还得逢迎其他男人，这种心理上的受辱感、无奈感、飘零感才是真正的催命索吧。

回到李瓶儿。她遇上了西门庆，遇到了“医奴的药”，其实是遇到了治疗她身体的空虚的药。可是，仅止于此吗？对于女人而言的欲和爱，到底是谁引发了谁？

在长期的古代社会生活中，除了母系氏族时期，女性总体上都处于经济和文化上的从属地位。这深深地影响了女性心理以及她的价值观。整个社会都裹挟了女人成为“第二性”。社会对于女性价值的评判是基于其在男权社会中的功能来进行的。女性价值的衡量，基于男性的尺度和视角。身材样貌是用来取悦男人的，贤良淑德是为了给男人丰富的社交生活提供安稳的家庭后盾，亦即满足其经济活动的需要，在不孝有三，无后为大的封建社会，生儿子更是成为头等大事，生不出儿子是可以被休的。汉武帝休了皇后陈阿娇，他丈母娘同时也是他姑母，这个在他被立为太子的过程中厥功至伟的女人，虽然权势煊赫，但面对“无子”这个理由也只好“默”。

古代女性想要获得自我价值的肯定，一般只有通过获得男性的肯定这一条路，遵守男人制定的游戏规则，把自己改造成男人想要的样子。乔治·桑为了表示对男权的反抗，穿上了当时只有男人才穿的裤装。女人争取存在感的方式是一个悖论——追求的是“像男人一样”，而不是“我是我，一个女人”。

但是女人是人，她不是一个物体，她是有灵性的生命。男性对于女性的长期扭曲和物化，仍然不能彻底泯灭女性作为有灵性的生命个体的内在特质，也因此女性不可能真正自觉自愿放弃作为一个有灵性的生命个体对于生命价值的追求。

当大多数男人把女人当作物，那么，极少数能够把女人当作人的男人，就显得如红珊瑚树一般稀缺，如北极星一般明亮。

男人追逐女人，用物质是简单也是粗鲁的方式。有要求的女人不会满足于这一点。当大部分男人只用物质——且不论物质是否来得也不那么容易——极少数肯用“精神满足”来追求女人的男人，就显得十分诚恳。他们热烈地、花样百出地赞美女人，在赞美的过程中，女人逐渐被打动，感觉自己不再是一个可以简单地以物易物的东西，而是富有灵性的超越了庸常尘世的生命个体，宛若女神。是的，男人通过对女人的赞美来使女人感觉到精神上的高贵。

苏小小爱上了鲍秀才，杜丽娘爱上了柳梦梅，朱丽叶爱上了罗密欧，城堡里的郡主爱上了莎士比亚，黄宗英爱上了冯亦代，丁玲爱上了胡也频……哎呀呀，这一切都是因为女人被男人的赞美塑造成了女神。只有在这个男人的口里、眼里、心里，这个女人才是女神。女人，被男人下了一剂迷幻药——令人温暖、甜腻、微醺的迷幻药。

但是，仅止于写情书、念情诗的男人仍然不是顶级高手。

能够身体力行对女人的身体进行赞美的男人，才掌握了最强劲的迷幻药。

大部分的女人对自己身体的形态美包容度很低而严苛度很高——一旦她表现出对自己的身体形态包容度很高，那么社会对她的严苛度就更高了。著名的例子有芙蓉姐姐和凤姐罗玉凤。这两个女子都不是通常意义上的漂亮姑娘，因此当她们在网络上拗出“S”造型，标榜自己是美人的时候，就成了不少人的审丑狂欢——长成这样还好意思出来晒？舆论对她们的不善，不是因为她们贪污受贿做情妇，而是因为她们挑战了一个数千年来的偏见：女人长得不好看而想获得垂青，那是痴心妄想。

长得不美，是女人的“原罪”。

这一点，男人要幸运得多。屈原、周瑜都是讲究穿着的，世人不吝赞美，就连以英雄气概扬名的关羽，也很珍爱他那一把大胡子，十分得意于“美髯公”这个称号。到了两晋，士大夫追求形态服饰蔚然成风，以至于专门出了本书来记录。

而男人不修边幅也没有关系，这个叫作“名士风流”。王羲之衣衫不整睡午觉，叫作“坦腹东床”，王安石蓬头垢面就去上朝，是邋遢宰相、勤于政事，苏东坡是个爱吃的胖子。

但是对于女人就没有那么宽容了。女子四德，其中之一就是“容”。长得不好看，虽有贤德或者聪明，也得不到世人喜爱，比如嫫母、无盐——似乎因为容貌不够美，贤德也就是不得已而为之的贤德，贤德的纯粹性就打了个折扣。到了李渔手里，甚至专门写了篇长文来要求女子的容貌——这小老儿是要求女子“愈夜愈美丽”啊，越到晚间越需要妆容精致。这一心理是彻头彻尾的男性视角，将女性彻头彻尾地物化。

女人对自己的形态美的高要求，实际上是被逼无奈。

我们知道日常情况下，女人都是用了很多的妆饰，服饰里三层外三层，环佩脂粉一样都不能少。但是当她褪去所有的衣衫、卸去所有的妆饰的时候，她就失去了所有的外部凭借，她只有纯粹的自己。

一览无余的无从遮掩的身体的缺陷，全然暴露。这个时候的她，内心最脆弱，自信最缺乏。

用言语赞美女人的身体，至多是中级水准。高阶的赞美是：行胜于言，身体力行。

形容两个人关系亲密，有一个词是“如胶似漆”——爱和欲正是如此。很难说谁是谁的主人，谁是谁的奴仆。它们是彼此咬合、彼此成全的。没有发自内心的爱意，不会有放下一切外物而进行身体对话的欲念；没有层层深入、历久弥新的欲念，不会有日久情深、难舍难分的爱意。身体的对话强化了彼此的归属感，这种独一无二的排他的归属感，是爱侣之间成为共同体的心理基础。这一点的科学论证，可参见划时代的著作《人类性反应》。[1]

[1] 〔美〕W. 马斯特斯、V. 约翰逊著，马晓年等译：《人类性反应》，知识出版社，1989 年。

李瓶儿，在遭受了不正常的、非人伦的身体与心理痛苦之后，遇到了西门庆，从此她的生命深处的愉悦被唤醒了。

前文讲的是李瓶儿因为身体的欲望满足而爱上了西门庆。如果仅仅是欲望驱使，而见亲夫染病而不救，招赘蒋竹山而又闪离，那么将李瓶儿打入淫妇册不算太污蔑了她。毕竟，欲望之外，还得有道德。毕竟，人类的有序繁衍和人类的文明，羞耻心都必不可少。

如果仅仅是为了满足欲望，则花子虚在时，李瓶儿已经数次和西门庆做下风流事——两家一墙之隔而已，暗通款曲虽然略有不便，毕竟还是三番五次。

那么就要多问一句：李瓶儿之三番五次苦求西门庆娶她做第 N 个小老婆，除了欲望之外，还有没有别的原因？

现代语汇形容女子想要嫁人的急切心情为“恨嫁”，照我看，最恨嫁的不过李瓶儿。第一个是她多次言辞恳切。“你早把奴娶过去罢”是一说再说，一求再求。第二个是心理上她甘愿做地位最低的妾，除了正房太太之外，其余的小妾她也都诚心巴结，如借还礼和祝寿之名，送给所有妻妾重礼——包括实际地位半妾半仆的孙雪娥也一并巴结到位。第三个，她除了言辞恳切，还贴了大把大把银子。西门庆说到要给潘金莲盖个玩花楼住，李瓶儿主动说“奴这床后茶叶箱内，还藏三四十斤沉香、二百斤白蜡、两罐子水银”，要西门庆拿去换了银子盖房子使。须知，这时候她已经借着救丈夫花子虚的由头而把家中的三千两白银和细软悉数趁夜搬去西门庆家了，这些沉香、白蜡等已经算是她最后的本钱。这些宝物折换了银子三百八十两，李瓶儿此时已经是孤身女人一个，她留下了多少呢？书里交代得很有意思——“只留下一百八十两盘缠”。意思是说，李瓶儿除了雇个轿子有个零花，其余的统统给了西门庆。做女人而倒贴，李瓶儿算是倒贴到极致了。

不仅如此，李瓶儿等西门庆娶她，可谓是日思夜想。可是西门庆听了正头太太吴月娘的拦阻，一时不敢明白地将她娶过门，用“没地方住”这个借口拖延。李瓶儿恨嫁的心又焦急了一分。这时她说什么呢？“先搬在五娘那边住两日”。（按：李瓶儿是富家娘子，住惯的是敞阔的房子，摆惯的是当家太太的谱。而今这般等不及，其恨嫁之心，真真是青天可鉴！）

李瓶儿虽然丈夫死了，可是经济实力雄厚，年纪也轻（二十四岁），身边有个将她从小养大的贴心的养娘冯妈妈，还有得力大丫头使唤，男丁只跑了一个家人天福。（按：这个家人在花子虚死后卷了银子逃跑了，卷走了多少呢？——五两。《金瓶梅》书中看似可有可无的闲笔，却都有不点破的深意。为了五两银子就能背主逃跑，更可见得李瓶儿给西门庆的钱财是多么巨大的天文数字。）

所以，要再问一句：李瓶儿，为什么那么急着想要嫁给西门庆呢？

人的选择总是和他的经历有关。成长时期的经历会深入到人的潜意识，使人做出外人看来难以理解的选择。李瓶儿在遇到西门庆前，可以说起起落落，身世飘零。先是年少时做了大名府梁中书的妾，听上去终身有靠了，可是梁中书的夫人有权倾朝野的父亲蔡京的威势做底气，心性又狠毒善妒，所以李瓶儿也近不得梁中书的身，只是与养娘在外房居住。这里插一层对李瓶儿出身的合理猜测。李瓶儿既有将她从小养大的养娘，且跟着她一起入了梁府，则她的出身不会是穷家小户。

又，李瓶儿的名字是源于她出生时有人送来一对宝瓶做贺礼，且这对宝瓶她始终随身带着，经过多少次颠沛流离都没有丢弃，一则可见宝瓶贵重，二则更是珍贵的幸福童年记忆。此外，全书中李瓶儿说话始终相当典雅。这几条并作一块儿想，则很有可能，李瓶儿原先也是个门第人家的受宠的小姐，发作人妾之时，很可能是家道中落，变故之下不得不如此的无奈和心酸了。这可以说是李瓶儿的第一回劫数。

然而即使为人妾，安定温饱的光景也不长。不久，梁中书家遭到梁山好汉杀戮，夫妻仓皇逃命，撇下了李瓶儿。这是李瓶儿第二回的欲求依傍而不得。其后，李瓶儿和养娘狼狈前往东京投亲，一时没有投到，一老一少两女人更加彷徨。所以第三回，当宫里的花太监见了瓶儿要给她说合为侄儿媳妇，对于李瓶儿来说无异于天无绝人之路。可是花子虚是个什么人呢？

成日里游手好闲、眠花宿柳的浪荡子，也不善于处理兄弟关系——由花家另外三兄弟合伙告他侵吞花太监遗产以及贴身伙计在他死后卷了五两银子逃之夭夭可知，花子虚为人既无能力，也不仁义，是个靠不住的丈夫。

第三回起落紧接着第四回，虽然丈夫不争气，但是长辈花太监有钱又经历过事，自己又是他亲自选的，想依仗着这个公公做个依靠，该是个合理化诉求。没承想却沦为了花老太监的玩物，被侮辱与被损害始终伴随着李瓶儿。唉，殊为可叹！想要寻个依靠，屡次以为得着了，却屡屡落空，希望一次次破灭，身世苍凉感一层一层增加。李瓶儿不知在心里恨过命运多少遍？盼有出头之日多少回？

“惶恐滩头说惶恐，零丁洋里叹零丁”，几度飘摇，李瓶儿迫切想要找寻一个依靠。谁能成为依靠呢？西门庆的出现可谓恰逢其时。西门庆与她年龄相当（比她大五岁），相貌堂堂——这些都是加分的。不过在她眼里，西门庆的优点何止这些？第一，西门庆十分能干。先是清河县“热结十弟兄”，西门庆是大哥大，她老公花子虚虽然比西门庆有钱得多，却是得尊西门庆为哥的。没有气度，怎么能笼络得住一串不省油的灯？在商品经济相当发达的清河县，西门庆做着买卖，他一家生药铺的营业额就占了整个清河县的大头，还不算绸缎庄等生意。没有头脑，怎么可能年轻轻地挣下这份家业？第二，在刚认识的时候，西门庆对待李瓶儿相当有礼，声声唤她“嫂子”，第一次和李瓶儿撞上，他还十分窘迫，完全不像一个浪荡公子。何况还有第三——欲望的满足唤起的生命觉醒。这个前文已论，不再赘言。

等到花子虚犯了官司入了监牢，李瓶儿的天都塌下来了，唯一能指望的就是西门庆，连夜请他去拿主意。吴月娘叫西门庆注意男女之大防，别去了，可是西门庆呢，仍然抬脚便去，立马就到——好一个急公好义的及时雨啊！可以想见焦灼无比，害怕无比的李瓶儿此时见到西门庆，是如同见到了大救星！李瓶儿把天大的难处说了，好个西门庆，不急不忙、不慌不乱，只说“不打紧”——这就相当于跟女人说“有我，你放心”。而且，西门庆说到做到，果然不多日就把花子虚给捞出来了，并且没让花子虚在监牢里受什么苦楚。再说一层，西门庆还不见钱眼开——李瓶儿要给他三千两银子打点，西门庆却推辞，说用不了这许多，一半就够了。而事实上，他连一半也没用掉——西门庆不图李瓶儿的钱啊！至少在此时的李瓶儿眼里看来，西门庆救人于水火，仗义而慷慨。

所以，这时候的李瓶儿看西门庆是个什么样的人呢？用今天的相亲广告来说就是：本市青年企业家，实力雄厚，才思敏捷，为人慷慨，相貌堂堂，风流潇洒，有礼有义，知情知趣，百里挑一。

身世浮沉雨打萍，几多风雨几多愁，而今，李瓶儿苦苦寻觅的依靠，就在眼前了。她想要一个身份——西门庆的女人。即使是第N房小妾也没有关系，只要是西门庆的女人，就终身有靠了。

这样的男人，当然是理想夫婿！

李瓶儿一方面被西门庆唤起了生命最深处的愉悦和力量，另一方面认为嫁给西门庆是终于找到了终身的依靠，所以她深深地爱上了他，即使爱得忍辱负重，也心甘情愿。西门庆呢，虽然在李瓶儿初过门时有意折辱她，但是后来，也是爱上了她的——他和她因性而起，后来的感情却远远超越了性。（按：在正式踏入西门家之后，作者兰陵笑笑生就几乎不在李瓶儿与西门庆之间的颠鸾倒凤上用墨。性已经退为一个极淡的背影，这与西门庆和其他女人的关系形成鲜明的对照。）李瓶儿柔顺谦恭、克制慷慨，尤其在生下儿子后，更是温良贤德，一心一意地过日子。西门庆在全书中，流连花丛多矣，多是以钱易色，他扔出几个银子买得女人的身体，极少有在女人身上真情流露。然而李瓶儿算得上是唯一的例外，是令西门庆产生了真情的女人。她濒死之际，房内空气污秽不堪，西门庆不顾医生拦阻——“一定要陪陪些儿也好”。这是对于心爱的女人将要死去的不舍与留恋。

李瓶儿死了，西门庆安排风光大葬，排场煊赫。此外，特别想给李瓶儿安个社会地位较高的名分，为此不惜求告各路，以极尽死后哀荣。这生前是排行最末的小妾，身后却得到了夫人的名分——西门庆对她的心态发生了改变。

下葬之日，西门庆扶棺恸哭，一连声叫着“我的人儿”——以他这样刚强的汉子，又是花街柳巷风月场里混惯了的，如果不是真的爱瓶儿，要这样哭恐怕也是不能的。只可惜，一切都来得太迟了。

李瓶儿的戏并未随着病故而结束，她后来出现在西门庆的梦里，操心这一大家子的生计，言辞切切要西门庆好自为之。

李瓶儿的悲剧根源到底是什么呢？是道德有失的因果报应吗？是嫁给西门庆却所托非人吗？是性格柔顺不能自保吗？好像都说得通。然而她最关键的一步错误，就是心心念念非要将终身依靠在西门庆身上不可。如果不是这样，则她也不会放任花子虚死去，仍然是居有定所、外有男人、内有余财，有不低于平均水准的生活保障。为了寻找一个终身的依靠，她斩断了自己的退路，却没有想到：自绝后路，才是一条不归路。而这世界上的路，别人走了千条万条，那也是别人的事，自己的路，是只有靠自己走的。哀求也许能换来一时的怜悯，逢迎也许能换来一时的喜爱，然而这一切都一定会淡去，靠别人的心情终究是靠不住的。

女儿当自强。

# 3

# 最是金莲不自由



中国古典文学作品塑造的女性形象最深入人心的是潘金莲。黛玉之才，探春之敏，红娘之巧，穆桂英之勇，王宝钏之贞，杜丽娘之痴，扈三娘之英气，孙二娘之泼辣……她们都在万千读者心中留下深刻印象，然而要说国人最众口一词以为了解的，就是潘金莲——以其“淫”。

传播学定律揭示，负面内容与正面内容的到达率是2∶8。何况是本应是禁忌却以其禁忌而分外具有诱惑力的“淫而被杀”的内容。在漫长的、令人兴奋的口口相传中，潘金莲“淫”的形象一再被强化。人们忽略了这个在《金瓶梅》中浓墨重彩的女子真正的内涵：她是一个悲剧，一个难以自己把控命运的、始终受制的不自由的悲剧。

金莲得名，以其双脚玲珑如金莲。对女子畸形的缠足大肆加以赞美，很可能是古代男权社会防范女子作为私有财产流失的一种文化策略。推崇刺绣这种无比繁复且需要静心凝神的工艺，也十分有利于将闺阁女子束缚于逼仄的绣楼中。金莲既有此名，其行动受限是必然的，做不到像大脚婆娘那样奔将出去，到末了，西门庆身死，她被打发到王婆家中待售时，虽然盼着情郎来救，自己却毫无行动力，只能日日困守，十分被动。

当然，真正成为她桎梏的是精神上的受困。

因为西门庆赞赏她的小脚，潘金莲便在这双脚上下足功夫，男人的评判成为她行事的标准。西门庆过手的家人仆妇多矣，唯宋蕙莲引动潘金莲杀机，盖因蕙莲在“比小脚”这上头要占潘金莲的先——这便是动了潘金莲邀宠的根本。而邀宠，不过是揣摩男人的心思来行事，潘金莲的聪明机灵都耗在如何取得西门庆的欢心上了。

潘金莲对西门庆开始是有爱情的。这个男子相貌魁伟，地方豪强，家有资财，在她还是有夫之妇时肯下功夫笼络，送的礼物十分称心——比矮小窝囊的武大好多了，而且能脱离原主人的控制。（按：须知武大是潘金莲的原主挑的，窝囊矮小，而武大卖炊饼的本钱和此间小屋亦是原主所赠，则潘金莲虽嫁，但仍受原主欺侮，不言可知。）对于潘金莲来说，西门庆是武大死后无依无靠时的一道光。

潘金莲做了西门庆的妾，开始是很受宠的。她的明媚、热烈、机敏，乃至言语的爽利泼辣，在一众女子中独一无二，十分出挑。可是潘金莲的不自由也在这里。她不如吴月娘是明媒

正娶的续弦，且有个居官的哥哥做声势上的倚仗；也不如孟玉楼自带资产且有经商的才能；更不如李瓶儿有丰厚资产之外，还生了个官哥儿；然而她又不像李娇儿和孙雪娥那样蠢笨到怎么样活着都行。是以，她的七窍玲珑心要为自己打算，要为自己谋取体面和尊严，然而这一切都得从是丈夫更是主人的西门庆身上谋来。

一众妻妾赏雪，人人有裘皮，唯金莲没有。吴月娘想着场面上不好看，便吩咐要从家里当铺上取一件来，潘金莲不要。皮袄儿既是为了保暖，更是为的体面。妾，半主半仆，身份原本尴尬，潘金莲若接了吴月娘从当铺里取的旧袄儿，就加重了妾仆的身份。一样是做妾，潘金莲不肯屈居人下——宁缺毋滥。果然，她后来还是从西门庆这里要到了更好的新裘皮，这才叫通气！

初来的李瓶儿为讨好西门庆要给他打金束发冠，潘金莲斜杠一道，过手要下一份给自己打头面，这不光是要一份首饰，更是要在西门庆面前巩固“首席宠妾”的地位。至于她刻薄惊扰李瓶儿，“怀妒惊儿”，核心也仍然是恐惧，恐惧李瓶儿生了儿子，夺走了本属于她的唯一资源——西门庆。

潘金莲被塑造成一个十足的坏女人，尤其是既淫且妒。然而淫和妒，都只不过是她讨取西门庆欢心的方式路径，所谓一体两面：淫者，投西门庆所好；妒者，固西门庆之宠。对西门庆彻底的依赖使得潘金莲于不自察不自觉中发挥了人性中的恶。

人的自由来自于多种选择的可能。没有选择，只有唯一，“唯一”的价值以其唯一性而愈是放大，人作为灵活生命个体的价值就愈会消失。人将自我实现的路径与“唯一”捆绑得越紧密，人真正获得自我实现的可能就越匮乏。

西门庆对于一心求依靠的女人来说，其实不是个好选择。他是“打老婆的班头，坑妇女的领袖”，吴月娘说他是个“骚行货子”，是与浪荡败家子一路货色的“同饮一井水”“乌鸦嘲笑猪黑”。潘金莲开始对西门庆是有痴情的，比如“雪夜弄琵琶”一节：银筝夜久殷勤弄，寂寞空房不忍弹。

> 潘金莲见西门庆许多时不进他房里来，每日翡翠衾寒，芙蓉帐冷。那一日把角门儿开着，在房内银灯高点，靠定帏屏，弹弄琵琶，等到二三更，使春梅连瞧数次，不见动静。……取过琵琶，横在膝上，低低唱了个《二犯江儿水》，唱道：“闷把帏屏来靠，和衣强睡倒。”
>
> 猛听得房檐上铁马儿一片声响，只道西门庆敲的门环儿响，连忙使春梅去瞧。春梅回道：“娘，错了，是外边风起落雪了。”
>
> 妇人又弹唱道：“听风声嘹亮，雪洒窗寮，任冰花片片飘。”

一回儿灯昏香尽，心里欲待去剔，见西门庆不来，又意儿懒的动旦（弹）了。唱道：“懒把宝灯挑，慵将香篆烧。挨过今宵，怕到明朝。细寻思，这烦恼何日是了？想起来，今夜里心儿内焦，误了我青春年少。你撇的人，有上稍来没下稍。”

这一段雪夜独自弹琵琶，一可见潘金莲聪明，能够根据当夜天气变化直接编唱出词来，二也可见潘金莲对西门庆的痴心。先是“开着角门”，再是让丫头“连瞧数次”。更细腻入微的描写在后头——“猛听得房檐上铁马儿一片声响”，一个“猛”字，写出了潘金莲等候之久，房中之冷清，才衬得房檐上这一声分外动静大。

作者到这里并不收手，他安排的是风起落雪。雪者，既可以是“红泥小火炉”，二人对坐，融融相看雪景，也可以是风卷夜雪锦衾寒，分外孤寂。但是作者偏让潘金莲这一青春美妾在无人中作有人想，无人陪则自弹琵琶，本应是自娱自乐、自求解脱，但是唱词一句一句都是有所指，真是“说尽心中无限事”啊！尤其末了一句直白：“你撇的人，有上稍来没下稍。”“你”轻轻一“撇”无所谓，“我”却心中上上下下，起了头却没有落脚处。潘金莲的心里是空的，由空而生怨，由怨而生惧。

琵琶是潘金莲年少时学的技艺，可是这技艺却和“不自由”紧紧相连。她“九岁卖在王招宣府里，习学弹唱”，十六岁被卖入张大户家，又习学弹唱，不肯委身于张大户，被恶意地许配给“矮穷矬”武大郎，自弹琵琶哀叹身世。再到西门庆初次听她弹琵琶“欢喜得没入脚处”，而今夜落雪，雪中寂静，西门庆就在隔壁李瓶儿处，却不肯往潘金莲房里来……一曲琵琶既藏着潘金莲的聪明，更藏着她屡次被卖、不能自主的飘零命运，藏着她深深的无奈与叹息。

“人生来是自由的，却无处不在枷锁之中。”[1] 矛盾，是人生的常态。

潘金莲一心邀宠于西门庆，是因为她以此作为获得自由的路径。

她间接害死了宋蕙莲、官哥儿和李瓶儿，是她为通向自由之路而付出的代价。尽管这代价开始由他人承受，到后来则落在了她自己的身上。

潘金莲绝不是一个良善的女人。

然而，付出道德行为上巨大代价的潘金莲，仍然没有获得自由，仍然多处受制于人。

潘金莲固然是西门庆第一宠妾，而且她得意于西门庆什么事“通与我说，通不瞒我”，甚至多次在西门庆面前发小脾气，但是她在人格上绝不是能与西门庆平等的。她为了邀宠固宠而需要曲意承欢，还受到过裸跪挨打等等侮辱，终其究竟，潘金

[1] 〔法〕让·雅克·卢梭著，〔英〕G.D.H. 科尔译，王田田导读：《社会契约论》，中国人民大学出版社，2013 年。

莲不过是西门庆之玩物。可叹的是，被西门庆包养的多个妓女都能明确地认识到自己身份的实质，潘金莲枉自聪明灵秀却看不破这一层，落得雪夜里凄凄惨惨独弹琵琶声声怨。

更可叹的是潘金莲的风光都是表面风光。她的母亲潘姥姥上门来，她没有什么体己银子可以给她，反倒嫌弃老母亲丢脸。等到西门庆死后，她被吴月娘名正言顺地禁在府中，母亲去世她也不能去送终，只能悄悄地托付给情郎陈经济：包给他五两碎银，“你去一去，便如我在一般”。大户人家有头脸的丫头家中母亲去世，主子尚且放假加送银子，可怜潘金莲地位尚不如一个奴婢，因为做了人妾而丈夫又去世了，她连基本的人伦孝道都不能尽心了。

更叫人感慨的是潘金莲多次被卖的命运。这个女孩子九岁被生身母亲卖了一次，十六岁被生身母亲转卖了一次，十八岁又被财主大户以嫁为名卖了一次。到二十五岁被西门庆用计赚了，也算过了几年衣食无忧的日子。但是到了三十二岁，潘金莲又一次面临被卖的命运，只是这一回，发卖她的是早已与她不睦的当家主母吴月娘。吴月娘不要求多大身价，嫌恶之下只要潘金莲速去，但是也绝不能看在所谓共侍一夫的姐们情分上，在经济上给她一些保障，只给她四套衣服和几枚钗环，没有银子。潘金莲曾经多么风光无限，一旦失去了西门庆这个倚傍（西门庆临终交代吴月娘要原谅潘金莲，但是吴月娘早就恨透潘金莲之专宠，一旦获得当家主母的地位即刻行权），便一无所有。

潘金莲情同姐妹的贴身丫鬟春梅否极泰来，嫁入了周守备府，得知金莲要发卖，哭求守备将她买来。若真能如此，潘金莲可以又缓过气来。

可惜王婆贪财，为着四两银子的差价谈不拢，使得困守在家中的潘金莲失去了被引渡到周守备家的一线生机。由此，她就落到了要为兄报仇的武二郎手里了。

尤叹潘金莲听闻是英武的叔叔武松来买她求娶，喜不自胜，怎能料到这莽夫是用一百两银子取了她性命——洞房花烛突然剜心取命的场景十分血腥惨烈。作为对照，素来不如潘金莲机敏的吴月娘听闻是武二买她娶她，暗中跌脚，说道："往后死在他小叔子手里罢了。"但是潘金莲竟完全没有预料到凶险。七窍玲珑心被什么蒙住了呢？——急于摆脱身世飘零的急切，使她失去了起码的逻辑判断。

《金瓶梅》书成三四百年后，美利坚合众国总统罗斯福说人应当有免于匮乏的自由和免于恐惧的自由。他以此号召民众参与二战，抵御法西斯。这个患有小儿麻痹症的总统奇迹般地摆脱了轮椅，走向芸芸众生，说："我们唯一值得恐惧的就是恐惧本身。"[1]

可惜深宅大院中的潘金莲不懂摆脱恐惧的唯一路径是主动

[1] 〔美〕富兰克林·德·罗斯福著，关在汉译：《罗斯福选集》，商务印书馆，2018年。

面对，直到战胜。

她没有像孟玉楼那样审时度势，积极筹谋，把握自己的命运，“爱嫁李衙内”；也没有能像心腹庞春梅那样，始终心高气傲，正色喝退欲行不轨的西门庆家人，后来得以做了周守备的夫人，逆势翻盘；她甚至也没有索性如西门庆第二个妾李娇儿那样，一以贯之地秉持了“院中人”“无须守节”的理念，西门庆一死就卷款逃回“院”中去做了自己的主人。（院，娼户也。）

她永远是被动地等待。

先是由着主母吴月娘发卖春梅，断了她左膀右臂和心腹知己。

再是不管不顾地和名义上的女婿陈经济私相授受，直到堕胎留下把柄，给了吴月娘一个必须发卖的理由。（按：我曾疑惑潘金莲何以冒着巨大风险乱伦，纵观全书才知道她对西门庆的爱情逐渐消亡。与陈经济的一场，既是道德观念缺乏，更是对未来不再有向往的只顾眼前的醉生梦死。）

最后是由着王婆把持她再度发卖的大事小情——王婆要卖一百两再加十两中介费，如此高价吓退了原本有意真心买她做妾的几个大户，也逼得情郎陈经济离开清河县去筹钱。如此这般，潘金莲最后以做妾谋生的最后生机也都被堵死了，不得不面对惨烈的死亡。

就小说家铺陈而言，潘金莲与奸夫合谋杀死了丈夫，最后死于为他报仇的小叔子之手，是为古代小说中常见的“因果报应”。但是纵观潘金莲的一生，何曾有过自由？

“霁月难逢，彩云易散。心比天高，身为下贱。风流灵巧招人怨。寿夭多因毁谤生，多情公子空牵念。”这是曹雪芹给晴雯的判词。《红楼梦》从《金瓶梅》的借鉴良多，从衣食的精细描绘，到人物姓名的曲笔，从官商勾结的雪泥鸿爪，到通过几次重要家宴铺陈的叙事结构，从主子勾搭家人媳妇的不光彩，到赫赫扬扬的葬礼，林林总总，不一而足。袭人被视作宝钗的人物映射，晴雯被视作黛玉的人物映射。《金瓶梅》中的宋蕙莲则作为潘金莲的人物映射——最重要的意象是都有一双小脚，且名字有相通之处。

晴雯，容貌“风流灵巧”，个性“心比天高”，困境“身为下贱”，命运则先遇“多情公子”，后则“寿夭”。

潘金莲何其相似乃尔。“虽然微末出身，却倒百伶百俐，会一手好弹唱，针指女工，百家歌曲，双陆象棋，无所不知。”她的百伶百俐时时处处有体现：能随手编词唱曲，能通过点戏文向西门庆传达她吃醋（其余人都不明白，唯西门庆了解，两个人倒堪称知音）——见其才学；对吴月娘深夜焚香祷告而感动西门庆从而和好一节，她能判断出吴月娘是有心布局——见其独立思考；能早早觉察李瓶儿与西门庆的私情，能潜踪闻知宋蕙莲与西门庆的秘事，并将这两个“情敌”拿捏在手——见其智谋；能“为着汉子喜欢”而研究创制床上用品——见其创造力；还能通过哀戚的言语及时终止西门庆对她的家法处罚——见其对西门庆心理的把握和一流的表达能力……

然而可叹的是，这么一个人尖儿潘金莲，却是小事处处聪明，大事缺乏规划，聪明反被聪明误。

潘金莲与孟玉楼交好，盖因孟玉楼也是个聪明人，所谓“惺惺相惜”。然而潘金莲机灵标致在孟姐之上，却不但没有高龄寡妇孟玉楼三嫁终于得偿所愿那样的圆满结局，反而在充满美好向往的洞房花烛夜被活活切腹剜心。何也？逊之于韬略。

晴雯的横祸在于“遭人怨”。她自己业务能力出众（病中能补雀金裘），已经容易“木秀于林，风必摧之”，更重要的她是心气儿高而脾气火爆，不平则鸣。对于行为不检点的小丫头，她行动厉害，直接用发簪狠刺；对于排名在她前面的袭人姐姐，也在言语中带出她知道了袭人与宝玉的“苟且”。比及抄检大观园，晴雯上没有主子太太庇护，中没有“同事”求情，下没有低级僚属作证清白，除了那个自身难保的宝二爷，所有人都对她一面倒地踩踏，终于很快香魂飘散。晴雯输在了坏人缘上。

潘金莲的人缘也不佳。作为观照，孟玉楼善于团结一切可以团结的人。夫亡再嫁，如果不是有丈夫的姑姑杨姑娘做靠山，孟玉楼决难把丈夫名下财产统统带出，得以财产傍身。而她再嫁西门庆后，也常常把已是孤老的杨姑娘接来同住，待之以礼，于是孟玉楼始终有一个站在自己一边的长辈，这位长辈在孟玉楼离开西门庆家，三嫁李衙内的时候是作为娘家人出现的，壮了孟玉楼的声势。反观潘金莲，明明有生身母亲，却因为嫌弃她打秋风失了面子，对母亲不能亲厚，有母似无，断了一个知心亲人。

孟玉楼更善于交好“顶头上司”吴月娘——前提是她已经对西门庆失望，知其不可靠。于是孟玉楼诚恳地劝吴月娘与西门庆和好，为她谋划夜下焚香祝祷计策，是实实在在地为“上司”分忧解难。孟玉楼最善于韬晦。她不直接斥责人，也不直接说破西门家里诸多肮脏的勾当，但是会恰到好处点一句——道士拜忏记名，名单上要写正牌夫人的名字。孟玉楼轻轻一问：可有大姐姐（吴月娘）的？吴月娘是继室，彼时又还没有子嗣，身份尴尬，在可写可不写之间。然则柔和一问，真真点到了吴月娘心窝上：孟三儿是打心里敬我这个太太的。潘金莲也知道这一层意思，但是她说的是：没有倒好笑！固然也承认吴月娘的正室地位，然口不应心，没有发自内心的敬重，而是不得不接受的安排。两相比较，吴月娘会偏向谁呢？

在潘金莲看来，只有西门庆这一个“BOSS”是需要百般迁就的，为此凡是可能挡着她路的，她就要处处得理不饶人，甚至不得理也不饶人。宋蕙莲、李瓶儿，乃至西门庆包养的妓女、和西门庆有首尾的书童，统统是潘金莲叱骂乃至搬弄口舌、造谣污蔑的对象。宋蕙莲也就罢了，因为她在西门庆面前贬低潘金莲引以为豪的一双小脚而惹潘金莲大怒。李瓶儿一向对潘金莲十分谦恭，但是潘金莲仍然出于嫉恨而污蔑李瓶儿，使得李瓶儿“怔怔气苦半日”。孟玉楼是她唯一的可以相交的同侪了，但她仍然要在做鞋面儿这件事上占孟的先——西门庆喜欢端看女人的大红睡鞋，孟氏谦让选暗色的鞋面，潘氏则巴不得这一声谦让，拿起大红缎子就走了。

到处树敌，全无友朋，自断生路。

潘金莲一直试图扎紧篱笆高筑墙，除她本人以外都视作竞争对象，可是这一来，她也将自己束缚在孤独的城堡里了。

人心确实最难进，可是“没有人是一座孤岛”。在庞大的社会体系里人怎么可以独自生存呢？便是著书立说的隐士，也还需要朋友仆从资助柴米，隔一段时间给隐士送进山林。何况潘金莲的全部技能和聪明都用在了谋取西门庆欢心上头，用心越多则树敌越多。

大难来时，全无一点外力可以借助。

韬光养晦是门大学问。掐尖争先固然需要，却只是小“术”；大道则在韬光养晦、谋划大局、择时而行。无论是晴雯还是潘金莲，都输在了缺乏韬光养晦、有所为有所不为的战略格局。

可是缺乏韬略者，《金瓶梅》中数十妇女，又何止金莲一人？作者唯安排金莲之死分外惨烈。

这其中必有缘故。

《金瓶梅》大约成书于隆庆至万历年间，同期广为流传的文学作品中的女子形象，有游园惊梦杜丽娘，有为赞叹少年而死的李慧娘，有怒沉百宝箱的杜十娘，有恨入空门而与小和尚暗生情愫的陈妙常——她们和潘金莲有一个共同点：追逐着自己内心的情感渴望。也就是说，虽然以“灭人欲”“夫为妻纲”为核心的女性规范在明朝最为紧密、最有压迫性，但在民间社会仍然出现了一批——尽管不多——以情感完整而不是情感配给为第一诉求的女性。为了情感上与男性的平等，她们不惜付出生命的代价。“存天理，灭人欲”固然成为当时社会的主流价值观，但这主要是上层社会极力倡导的价值观和行为范式。在民间，在生机勃勃而有庸俗日常的民间，人们一方面褒奖那些“守节”的女子，另一方面也给更广大的普通女性以基于普遍人性的理解。这种理解，与因妇女难以获得自主解救的艰难事实而产生的同情，通过民间文学作品体现出来。“牡丹亭艳曲警芳心”，固然托名为对大家闺秀的告诫，实际上却也激起了少男少女对真挚情感的渴望。而《僧尼会》这类传奇故事的广为流传，则既是民间对于突破禁忌的津津乐道，也反映了对于追求情感的思潮暗生——“存天理，灭人欲”的道德守则也不是完全不可以去尝试突破的！

回到潘金莲。她自小被卖，学习弹唱以供主家取乐，十六岁再度被卖，成为事实上有实无名的暗妾。她见惯了女性为男性欢唱的被动角色，可也习得了女性如何流连在男人席间之时为自己争取一点点以宠之名的尊严和事实上的好处。鱼和熊掌不可兼得。在她习得下棋、弹唱等各种技艺以取悦男人的时候，她与闺秀道德教育就渐行渐远，这是两条相悖的道路。身世辗转，潘金莲相比西门庆其他妻妾，被礼教规训束缚得最少，受“风流教育”影响最大，她最不把教条当一回事，也就自然最不肯遵循教条。

但若以此来说明潘金莲具有正义的反叛精神，又缺乏依据。以她的见识和经历，对于教条规训的反叛只不过是她出于实用主义的选择罢了。

十八岁被主家张大户以“你不肯从我，我也不让你好过”的仇恨心态，作践着许配给猥琐无能的武大为妻后，潘金莲在无奈做炊饼，劳家务之余，抚弄琵琶作伤怀曲，自叹命苦。这时候“潘驴邓小闲”占全了的西门庆的出现，可谓潘金莲生命中的曙光。她是一心一意要跟定西门庆的。柔肠百转，都被西门庆牵绊住了。这是她第一次对一个男人产生强烈的情感，愿意跟定归附的情感。

可惜“奴将你这定盘星儿错认了”，短暂的欢愉之后，李

瓶儿生子，西门庆在外眠花宿柳，在内只看生了儿子的李瓶儿，一朝宠妾潘金莲，孤独地在雪夜里弄琵琶，弹奏的便是一曲对西门庆万念俱灰的情感悼亡总结。

潘金莲真正的道德堕落是从勾搭西门庆的家仆开始的。然而这之前，西门庆已经对家中稍有姿色的仆妇上下其手，潘金莲如何不知？因此她是以一种直接的朴素的报复心勾搭家仆的：西门庆你睡了人家老婆，你老婆也叫人睡了，活该！作为理性的旁观者，此处要为潘金莲跌足一叹。然而潘金莲的理性并不优于感性，她的行事逻辑就是从感性出发的。作为对照，同样聪明的女子孟玉楼发现苟且或不妥，只说与金莲而不行事，而金莲则是一听便炸，要去骂人的。感性大于理性，放大了潘金莲的弱点。

道德堕落自勾搭家仆始，才有后来主动撩拨名义上的女婿陈经济，人伦之大义，颠覆了，也最终导致了潘金莲的毁灭。潘金莲不愿意服从规训，但是又不能从理性的层面真正忽略，她如飞蛾扑火般挑战社会规范，最终导致灭亡。

潘金莲挑战的社会规范，浅层次来看是对于男女大防的突破（这种突破在她与女婿陈经济的关系上走得委实太远了），深层次来看，她真正挑战的，其实是传统社会男尊女卑的不平等地位。

一方面她固然认同自己为妾的安排，另一方面她在一心一意跟了西门庆之后，内心希望能够得到丈夫以宠爱为表征的尊重，并以此获得在一众小妾中相对平等的地位。她在李瓶儿进门后有过多处掐尖，比如李瓶儿和孟玉楼分别有一张名贵的螺钿床，潘金莲也央求西门庆买给她。在她看来，一样是小老婆，她要通过对有形物质的占有来明确宣告自己不亚于李孟二人的身份。全书潘金莲向西门庆提出的物质要求，无一处是仅仅因为自己喜欢，而都是为着和其他侍妾攀比身份地位上的等同。她对于宋蕙莲的恨意，一层是因为宋蕙莲试图盖过她引以为傲的“足如金莲”的优势，更有一层则是宋蕙莲不过是个家人媳妇儿，下贱婢子，潘金莲恨的是被宋氏拉低了身份。

潘金莲的内心是矛盾的。身为侍妾，半仆半主，更要与其他多个女人共事一夫，这是当时社会普遍的现象。但是她又渴望专宠，除了正室娘子之外，西门庆能够与她一心一意，为此她多次用心，从亲手做好吃的肉角儿（且一个都不许别人碰），到为西门庆与李瓶儿的幽会开方便之门，到“妆丫鬟市爱”（彼时西门庆与书童有私，潘金莲想出打扮成丫鬟模样来让西门庆感到新鲜），到雪夜弹琵琶听到房檐上铁马响就以为是西门庆回来的情深急切，乃至忍受身体上的痛苦曲意承欢……她的一切行事，无论机敏还是忌妒，哭泣还是叱骂，都是为了争得西门庆之爱。

然而，西门庆固然宠爱潘金莲，有时候要哄着她，但是潘金莲何曾得到过真正的平等？从嫁入西门家时一顶寒碜小轿，到“私仆受辱”挨打，到不得不容忍西门庆眠花宿柳的恶劣行径，潘金莲在初遇西门庆时的那一腔爱的激情逐渐消失殆尽。

有的人内心痛苦，会通过谋划大局来求得解脱，如孟玉楼；有的人则使自己收回感情，只做经济上和社会关系上的合作者，如吴月娘；有的人一味隐忍痛苦乃至郁郁而终，如李瓶儿。而潘金莲，情感纯粹而激烈，心中的痛苦与愤怒紧密地融合起来，使她选择了一条迥异于社会规范的解脱之路——自我放纵。越放纵，越是挑战了社会规范，但是，也越是加速了她的灭亡。

潘金莲这个人物是虚构的，可是她的极端性，她反映的明朝社会经济文化发展中人与欲望、人与制度之间挑战与反挑战的关系，使她成为一个重要的女性形象。

# 4

# 欲望裹挟宋蕙莲

宋蕙莲是《金瓶梅》中的一个小人物，出场不多，却令人叹惋。

她才二十五岁，就自寻短见，决然地死了。

宋蕙莲心气高、爱打扮、明艳美丽、聪明机敏、口齿伶俐、善于交际，总之是个青春张扬的年轻女人，是什么使她撒手人寰的呢？

宋蕙莲出身寒微，年纪小的时候就被开棺材铺的老爹卖去了通判府做奴婢，稍长嫁给了府里的厨子，可是又轻易间和来旺——西门庆手下得力家人——搭上了，厨子丈夫因和一般厨役分财不均，酒醉后发生厮打，没承想被人用刀捅死了，她央求来旺去求西门庆帮她捉拿凶手。此事了结后，她也就顺势嫁给了来旺，如此便入了西门府。

虽然西门庆是花花太岁，但凡有些姿色的能过手的他总要过手，为此即便是兄弟之妻也要使尽手段欺霸了来，街坊之妻也要谋人性命偷娶了来，或者有钱寡妇也要骗娶了来，可是，宋蕙莲和西门庆这一出，倒是宋蕙莲有意勾引在先。

兰陵笑笑生有意识地做了很多铺垫来说明宋蕙莲从来不是守妇道的贞洁女子，给她写了首词："斜倚门儿立，人来侧目随。托腮并咬指，无故整衣裳。坐立频摇腿，无人曲唱低。开窗推户牖，停针不语时。未言先欲笑，必定与人私。"这样的做派，固然俏丽（停针不语、未言先笑），可是比起潘金莲无意之中跌落撑杆而引出和西门庆的一段虐缘，宋蕙莲还是要放荡轻浮得多了。

可是，宋蕙莲是很聪明的。她进了西门庆家，学着潘金莲和孟玉楼的打扮——怎么不学正房太太吴月娘和另一个侍妾孙雪娥呢？她有她的审美，一个聪明女人天然而有的审美。吴月娘虽然是正房太太，可是势利而蠢笨，另一个孙雪娥，西门庆收用了她，一则因为她是太太的陪房，纳为侍妾全不必费心思，简直就跟洗了脚需要一块擦脚毛巾那么顺手；二则因为孙雪娥会做饭，名为侍妾，其实和仆妇没多少区别。这两个人的品味容貌都和潘孟差得远。潘金莲不必说了，孟玉楼是"玉楼人醉杏花天"，气质与别人不同。

看宋蕙莲怎么学呢？她"把鬏髻垫的高高的，头发梳的虚笼笼的，水鬓描的长长的。在上还递茶递水，被西门庆睃在眼里"。这是一开始就存了心。所以后来西门庆只一句"我的儿，

你若依了我，头面衣服随你拣着用”，宋蕙莲也就从了。完全不像娶潘金莲、李瓶儿、孟玉楼那么费事——前两个的大费周章自不必说，就是娶孟玉楼，西门庆也是正经央了媒人说合的。宋蕙莲得了西门庆一时之幸之后，手头有了好衣裳头面，就更加善于打扮了。看灯走百病这一出，她“换了一套绿闪红段（缎）子对衿衫儿，白挑线裙子，又用一方红销金汗巾子搭着头，额角上贴着飞金，三个香茶并面花儿，金灯笼坠子出来跟着众人走百病儿。月色之下，恍若仙娥”。

爱美的女人总是热爱生活的，然而青春正好的宋蕙莲为什么了结自己鲜活的生命呢？

宋蕙莲聪明不只在打扮。她看人打牌，很快就能看懂，说出些道道。潘金莲等人下完棋要吃宵夜，她只用一根柴火，不出一个时辰，就烧出一个猪头，并四个蹄子，皮脱肉化，冰盘盛了，并姜蒜碟儿也预备齐全。这行事的麻利妥当，可见得她已经得了统筹学的精髓，以及优秀职业人员的素养。她和西门庆开玩笑，嗔怪他说话不算数：“把你到明日盖个庙儿，立起个旗杆来，就是个谎神爷！”这样趣味浑然天成的说法，哪里是蠢笨木讷之人能想到的？须知宋蕙莲从小没念过什么书，没有什么好教养，也没得过好工作历练（贾府丫头的聪明有相当一部分来自于工作的历练，比如平儿的人情往来、晴雯的女红、鸳鸯的顾大局），语言的趣致，都来自于她自己的天然本心。

宋蕙莲情商很高。见人说话，未语先笑，使人愿意效劳。她得了西门庆给的银子，要买东西，并不只是自己安排了时间出去买，而是让街坊邻居帮忙，帮她看着点儿，什么时候卖花儿的过来，什么时候卖粉的过来，邻居们误了自己的生意、放下自己的活计，也要替她劳心劳神地看着。（写到这里，想起“来归相怨怒，但坐观罗敷”。只是罗敷是浑然不觉的，而宋蕙莲却是故意的。帮忙的人估计也不会怨宋蕙莲吧，一个愿打，一个愿挨。）妙的是笑笑生没有把给宋蕙莲这俏妇人帮忙的事只安到一个人头上，傅大郎、贲老四一个一个的都有份。一方面显得宋蕙莲轻浮，另一方面，却也说明了她善于交际，不会使人难堪，反而一个个都心甘情愿，唯恐自己没份献殷勤。她和陈经济调情，怕陈经济不等她自己去观灯，说的话是“你不等我，就恼你一生”。哎呀呀，这样的含嗔带怒、撒娇作痴，叫人怎么挡得住？

宋蕙莲体育运动也不错。吴月娘带大家打秋千，宋蕙莲不需人推送，自己就能高高荡到天上去，轻盈矫捷都有了，地上的人抬头往天上望，望到的莫不是一个天仙？身手如此轻盈矫捷，则宋蕙莲身材也必定是极好的。

宋蕙莲心气也高。和西门庆藏春坞一夕鱼水，就觉得自己有了特殊的地位，抓紧排揎潘金莲的脚不如她的玲珑好看，针线也不好。她心里面当自己是半个主子，不肯去厨房干活，而是传了老爷太太们的话给其他仆妇，自己则坐着嗑瓜子，一地的瓜子皮也是等着别人收拾。宋蕙莲未必那么爱吃瓜子，只是正经主子们都在飨宴，她不能入席，于是自己也要给自己设个席。

总之，宋蕙莲是一个漂亮、机敏、心气高的女子，是一个青春饱满、生命昂扬的女子。这样一个女子，为什么决意求死呢?

"蕙"在汉语中是一个意思很好的字，当形容一个女子"兰心蕙质"时，那是说她美丽善良还聪明。"莲"，则既是姿态娉婷的美丽花朵，也早就被赋予了"秉性高洁"的精神意义。

《金瓶梅》整部书中人物众多，有相当多的名字，笑笑生是有深意的。比如李瓶儿的第二任丈夫花子虚（花心而虚弱），比如帮闲应伯爵（应了白吃白嚼），比如韩爱姐（全书少见的有情有义的一个少女），比如王六儿（为人妻而与西门庆有私，六姐是潘金莲的小名）。宋蕙莲以其美丽聪明，也当得起"蕙莲"这个好名字。

全书女性人物众多，潘金莲长期以来是最得宠的一个，也是非常聪明的一个，宋蕙莲和她共用了一个"莲"字，可见得这两人的关系密切，或者说，宋蕙莲是潘金莲的一个影子。宋蕙莲的发迹和夭亡，都与潘金莲有莫大的干系。而宋蕙莲自己也时时只与潘金莲比——藏春坞里刚刚和西门庆做在一处，当场就跟西门庆说潘金莲的脚不如她的美；走百病时放胆与陈经济调情并十分得意，是事先已经知道了陈经济已经是潘金莲的小菜，她偏要来夹一筷子；潘金莲能自做精致饮食邀西门庆吃宵夜，则宋蕙莲能利落地将猪头做得。（笑笑生还是把宋远放在了潘之下，一样是做美食，潘氏摆出的是精致果碟八样拼盘，器物精美，小宋则只能是一根柴火烧猪头。）

也许读者会问，宋蕙莲也许当得起聪明美丽，可是仁义又何在呢？这样一个从少女时期（当时是通判家的使女）就一路偷情成瘾的没羞没臊的小娼妇，哪里来的仁义？

还真有。宋蕙莲的人生从昙花一现到急转直下的毁灭，直接起源于她的仁义。

宋蕙莲与西门庆的事情被老公来旺发现了，孙雪娥告的密（这个女人身为西门庆的妾，和来旺暗通款曲，一点不比宋蕙莲高尚，两个人属于你偷了我的我也偷了你的，却巴巴的去向来旺告密，着实可恶！），来旺喝多了酒，嚷嚷要办了妇人和西门庆，结果反被西门庆设了局下了大狱。

宋蕙莲求西门庆放过来旺，跪在一家大小跟前求他，如果不是仁义心，以她的心气之高，当自己是半个主子，全然不把其他家人仆妇们放在眼里，她怎么肯跪成那样？这一跪是把平时争来的“优越感”都给放弃了。再一层，这样一跪，这样哭诉，等于是自己昭告众人“我和老爷有奸情”，等于是自己褪下了衣衫，赤裸地跪在一家大小面前。宋蕙莲虽然不自重，但并不是全无廉耻，和西门庆偷情两次被人撞破，宋蕙莲是红了脸匆匆忙忙一溜烟儿逃走的。这一跪，是仁义心压倒了羞耻心、压倒了好胜心。

西门庆真是人渣。他先是答应了宋蕙莲放过来旺，结果还是把她瞒得严严实实，买通官府，把来旺做成流放——这是抢人家老婆还要人性命啊。宋蕙莲得知后，痛骂西门庆“害死人还看人出殡的”，这是为来旺最后争的一个公道，之后，宋蕙莲，就自尽了。这一回，她死成了。

这之前，她还寻死过一回，为的是感动西门庆，让他放过来旺。

来旺并不是什么良善之辈，对宋蕙莲也并没有多少情意。宋蕙莲的第一任老公蒋聪被杀，宋蕙莲求来旺帮忙，来旺就乘人之危占有了她。及至嫁给来旺做了正头夫妻，来旺也并不爱惜她美丽颜色，从首都东京办差回来，几个月不见的娇妻不管不顾，反而先去孙雪娥那里报到，给她带京城的时髦物事。得知宋蕙莲与西门庆勾搭上了，来旺的第一反应是要做了这个妇人，全然不想他自己也在同样行事。西门庆知道来旺察觉，听了宋蕙莲的求劝，打算给来旺几百两银子做买卖，来旺立刻喜不自胜——这时又有什么夺妻之恨？宋蕙莲在他心里的分量少之又少。

然而就是这样一个薄情寡义的粗陋丈夫来旺，宋蕙莲还是为他哭、跪、吊，从以色事人到以情感人，苦情、艳情都上了，真是千方百计，到最后在二十五岁的青春年纪死了。宋蕙莲没有仁义吗？有的。

但是，宋蕙莲是死于仁义之心吗？以仁义而死者，多是君子，宋蕙莲显然不是君子，仁义是她的死因吗？

宋蕙莲的死，在《金瓶梅》的章节回目中用的是《宋蕙莲含羞自缢》。那么，宋蕙莲羞的是什么？男女私情，私第一要紧，宋蕙莲藏不住私了，可以是羞于丑事败露。但是她一直有失妇德，并且在得了西门庆的好处之后，行为张扬，只恨别人不知道，虽因羞耻，但还没到赴死的程度。第二层羞，是羞愤。开始宋蕙莲还是很得意于被西门庆看中的，在和他人吵架时也嚷嚷出来：“我养汉养主子，强如你养奴才。”——这是由卑贱而上位。就像国王的情妇，蓬帕杜夫人也好，博林家的安妮也好，做了国王的情人，自己的身份就尊贵起来。

《风中的女王》之中有一节，苏格兰女王的宫廷侍女肯亚做了法王亨利的情妇，另一个宫廷侍女萝拉则爱上了一个厨子。肯亚安慰萝拉，我做国王的情妇是不光彩的，萝拉立刻表示反对：做国王的情妇令人尊重，我一个出身望族的姑娘爱上一个厨子（虽然是真爱）则只能是耻辱。

在宋蕙莲看来，西门庆是被她收服了的，这是她作为一个女人的成功——须知西门庆流连花丛，寻常姿色入不了他的眼。也因此，宋蕙莲央求他救来旺的时候，说的话是“你不看僧面看佛面，我恁说着你就不依依儿”——觉得自己在西门庆心中是有面子、有地位的。没料想西门庆答应之后又变了卦，宋蕙莲下跪上吊、曲意逢迎、千求百拜得来的“面子”，最终还是丢了个干干净净。怎不叫她羞愤！

《宋蕙莲含羞自缢》，这个回目很容易叫人想起《红楼梦》中的《秦可卿淫丧天香楼》。但是《红楼梦》里，虽然有焦大骂“爬灰的爬灰”，却并没有将秦可卿与公公贾珍的事情落到实处写。至于她的丧仪远远超出身份，贾珍哭得不能自持等种种不合常理而致读者疑惑处，在秦可卿弃世前并没有发生。秦可卿若真遭遇过公公调戏，以她素日为人，自己心里是过不去的，与其说是丧于淫，不如说是丧于心。

秦可卿作为被抱养长大的孤儿嫁入宁国府，还做了当家少奶奶，年纪虽轻却能上下周全，阖府上下没一个不服不赞不爱。要做到这一层，秦可卿心事该有多重？平日里该有多少委曲求全？她对自己必然是很苛刻的。所以她是因羞而死，说得通。

《红楼梦》里另一个人和宋蕙莲很相似，那就是多姑娘。多姑娘也是家人媳妇，和贾琏有私，不过事发后，她并没有上吊寻死，而是继续皮实地活着，甚至在晴雯临死时，被宝玉和晴雯之间的情意感动，化身为仗义执言的情意守护神。人是多面的，从多姑娘处可见一斑。

继续说回宋蕙莲。宋蕙莲含羞自缢，似乎符合逻辑。正如贾琏染指过的另一个家人仆妇鲍二家的，被撞破后自觉没脸上吊死了。

可也仅仅是基本上说得通。宋蕙莲和秦可卿有云泥之别，对自己的道德操守没有那么高的期许，其行为轻浮和多姑娘是一样样的，那为什么她不像多姑娘一样低贱而皮实地活着，而坚决去死了呢？应该还有其他原因。

《金瓶梅》大约成书于隆庆至万历年间，是国家安定、民间富裕的时候。《明穆宗实录》说这位隆庆皇帝在位期间“不降阶序而运天下，务在属任大臣，引大体，不烦苛，无为自化，好静自正，故六年之间，海内翕然，称太平天子云”。

隆庆在位只有短短不到六年时间，但是他重用了一位对大明朝有重要影响的人物——张居正。此人之后在万历朝担任首辅，革故鼎新，鞠躬尽瘁，推动了万历朝早期的社会经济繁荣。

隆庆新政的一个重要举措就是重开海禁，允许民间与外国进行广泛的商业活动，商业蓬勃兴旺。西门庆就是这项举措的受益者。他起先是开生药铺的，孟玉楼嫁给西门庆之前则是杨姓布商的妻子，以孟玉楼丰厚的陪嫁来看，杨姓布商的生意做得相当好。潘金莲的父亲是做裁缝的，社会繁荣需要专门的裁缝手艺人，而不是仅靠家里女人自己织布做衣就可以满足了。

至于宋蕙莲，她爹宋仁则是开棺材铺的，也是一门生意。

商品经济氛围之浓厚，人们对于财富的渴求，使得利字当先、道义旁落。《金瓶梅》书中有大量赤裸裸的以财求色、以财毁谤、以财枉法、以财结官、以财害命的事例，对财利的追求到了这样的一种程度，以至于中国传统文化所倡导的私德、人伦、仁义都可以被践踏、被出卖。

韩道国、王六儿夫妻就很典型。王六儿搭上西门庆，从头至尾，都是韩道国有意发出了甜蜜的邀请。他是西门庆的伙计，也是个人才，“言谈滚滚，满面春风”，知道西门庆要来家里，特意早起往高井上叫了一担甜水（好比我们今日专门去买农夫山泉）、备下了好细果仁（高级点心），交代王六儿收拾妥当，更妙的是他备好这一切，就“还往铺子里做买卖去了”。他做的是西门家的买卖，领一份工钱，今日则还要把他老婆王六儿给做成一桩生意！

而王六儿也很知丈夫心意，并且在成功引得西门庆入彀之后，又得意、又撒娇地跟韩道国表功。俗话说夫妻同心，其利断金，这一对夫妻，在以色求财这件事上是“丈夫搭台，老婆唱戏”，共同追求“进步”。

回到宋蕙莲。她之于西门庆，也不过是以色求财，将身谋利。以书中写的这些利字当先的背景，宋蕙莲羞耻也好，羞愤也好，都不足以一死再死直至死成。托名为兰陵笑笑生的作者究竟是谁，这是一个谜，但是研究者们普遍的推断是，这个作者不是山东人氏就是常州人氏——考虑到运河沿岸经济与江南的自然地理位置，这两个地方都是经济发达、人口稠密之地。两者兼备，则容易欲望疯长、是非不断。

欲望和是非，是一对你中有我，我中有你的“佳偶”，如影随形、朝朝暮暮。不仅如此，它们还彼此从对方身上攫取养分，互相之间不甘心地同步膨胀、壮大，直至最后如两个交缠的泥足巨人，支撑不住而轰然倒塌。那宋蕙莲是死于欲望和是非吗？

宋蕙莲有哪些欲望，惹了哪些是非呢？

一层情欲。这个不多说了，情欲本为人之本能。一层物欲。她从了西门庆，就是为了多几个钱使，多几样穿戴，多几样零嘴吃食。

可是除了这两层，宋蕙莲还多一层尊严的需要。她要钱，但是并不吝啬，瓜子四五升地买，买回来发给一众家人仆妇。有了几样首饰，在看灯的时候尽力打扮得恍如仙娥，平时也插个头，“黄烘烘的”。打秋千唯独她不肯要众人帮衬，自己一个人身轻似燕，惹得众人赞叹。一句话，宋蕙莲就是特别想听到别人对她的羡慕赞叹，即使羡慕嫉妒恨总是联袂而来她也顾不得了。她对自我价值的肯定来自别人对她的看法。

为什么这样？心理学的代偿机制告诉我们，一个人越是没什么，就越是想要什么。越是没底气，就越是要炫耀。亦舒说过：“真正有气质的淑女，从不炫耀她所拥有的一切，她不告诉人她读过什么书，去过什么地方，有多少件衣服，买过什么珠宝，因为她没有自卑感。”[1]心理学还告诉我们，一个人的风度气质和他自认能掌握的资源多寡有关，资源得来容易，时间也宽裕，他不用着急，自然从容有风度。

宋蕙莲做不到。她是开棺材铺人家的女儿，见识家教有限——从她爹宋仁夸耀女儿深得西门庆宠爱（真是不以为耻，反以为荣！）就能看出。她从小缺少被尊重的感觉。小小年纪先是被当爹的卖去通判府做婢女，后来因为涉及到通判府主家婆的不检点行为而被发落出来。（按：书中没有详述原委，可是我想，一个小婢女，涉及到主家婆的绯闻，如果不是因为主子太太的压迫，也是为的讨好主子，是主子的一颗棋子儿，等到“坏了事”，则做替罪羊的头一个便是仆人。即便视女孩儿为珍珠的宝玉，明明是他调戏金钏，可王夫人只找金钏算账，弄得这一个原是有点身份的贴身大丫头跳井送了命。唉，自古冤情，多在底层小民，又多在小户女子，又更多在小户青春女子。）

发落出去之后，随便配了个厨子。（《红楼梦》里丫头做事不检点也是赶出去随便配个小子而不是转卖了，无他，只因关系到贵族家庭的颜面——“咱们家从来只知买人，并不知卖

[1] 亦舒：《圆舞》，南海出版公司，2002年。

人之说”。）美国早年南方农场主的奴隶也算作明确的财产。宋蕙莲的没有独立人格尊严的女奴身份，由此可见一斑。

可怜宋蕙莲，幼时被卖，少时被逐，两任丈夫一个不中用、一个不体恤，她的尊严是一层一层被剥尽了。所以，她除了情欲、物欲之外，更要尊严，或者说得更符合她的想法一点儿——“面子”。

前面说过，欲望和是非总是如影随形、须臾不离，并且彼此攫取，野蛮生长。有欲望而有争斗，有争斗而有输赢，有输赢而有得意失意，得意失意皆惹是非，是非在口舌之争、在挑拨离间、在嫉妒报复。此乃欲望以致是非。

另一层，是非亦激欲望。既有是非，便有评说，便有各色人等错杂，便有人出头争锋，亦有人敲边鼓，原本心无嫌隙，一旦卷入是非，也生出好胜心，好胜心即是其欲望。原本心有嫌隙之人，则更是欲望大炽，欲取之而不得，便下手夺之。

欲望是非真如二蛇缠一人，二蛇争斗之间，人被愈缠愈紧，直至一命呜呼。宋蕙莲有没有惹出是非呢？唉，有啊。

宋蕙莲的三层欲望，其实都是人之常情，但是给她惹出的是非却是一波接一波。可以想见宋蕙莲往街上一站，一扬手、一笑、一开言，领了她“央求”的男人固然心头有种说不出的暗爽，没有领到这份“央求”的男人则未必不犯嘀咕，更有他们的婆姨们，见了老公给别的女人献殷勤，能不含酸带醋？可能一条街的婆姨们在嫉妒愤恨宋蕙莲这件事情上都结成同盟军了。给西门府里家人仆妇分零嘴儿，吃人嘴短是在当面，背地里有的是边吐瓜子壳边嫉恨的："一样是奴才，凭什么她就要登到天上去？"不患寡而患不均，自古使然。

这些也就罢了，最麻烦的是她惹了潘金莲。这个主的聪明、心计、手段、容貌、才艺乃至性感统统都在宋蕙莲之上。潘金莲不像孟玉楼、李瓶儿有财傍身，西门庆就是她的衣食父母，巩固西门庆的宠爱是她的第一要务，事关生死存亡。

插一句，潘金莲在别人面前张扬厉害，可是在西门庆跟前是很逢迎的——性行为上的迎合且不说，就说有一回她过生日，在给西门庆递酒的时候，她笑着说道："年年累你破费，你休抱怨。"须知说这话时，金莲仍然是第一宠妾，但西门庆给她的财物也很有限，以至于冬天里一家子人赏雪看灯，只有她没有裘皮大衣。一无所有投奔了来，平时不觉得寒酸，这时就一眼看出来了。人比人，气死人，民间俗话真真是说得干脆明白。

《红楼梦》里邢岫烟也有这么一回，单薄地站着，备显孤寒。曹雪芹安排了宝钗姐姐事后留心给她补上，但是兰陵笑笑生就比较狠，没有安排谁替潘金莲想到，只能她自己开口。而大奶奶吴月娘呢，虽觉得金莲身份上既然是妾，独她一人没有也不大妥当，可是这位大奶奶想的是家里当铺上有一件——二手的，还是当的，沾的可不是喜洋洋的劲头，叫金莲怎么忍得下！

回过来继续说，宋蕙莲惹上了潘金莲，不是什么好事。宋蕙莲本来名金莲，为了避潘五娘的讳，才改了名。这改名说明了什么？一个为主，一个为仆啊，让你改就得改。这不是个能惹得起的主，可宋蕙莲非但惹了，还惹得急、惹得张扬、惹得唯恐人不知。

前面说过，宋蕙莲在藏春坞和西门庆云雨时，嘲笑潘金莲的脚比她的大，这时好歹还只在西门庆一个人跟前说。（没料到被来查看动静的潘金莲听了个真切，梁子由此结下。）后来呢，故意挑逗陈经济，这是当着潘金莲的面儿了——我偏要动你看上的人！

更叫潘金莲气得半死的还是鞋。有一回路上泥泞，宋蕙莲爱惜自己的鞋，于是这位姐姐做了件极聪明的事儿——潘金莲的脚比她的大一号，所以她把潘金莲的鞋套在了自己的鞋外面，还拉起裤腿给人看。潘金莲是很爱惜自己的鞋的，她的女红很好（王婆开始怎么设的局？就是央她做衣服），再一个西门庆爱看她的红绣鞋。古时男人对于妇女的脚有超过其他身体部位的审美要求，相亲时隔着帘子，不看脸先看脚。柳梦梅捡到了杜丽娘的自画像，首先也是从脚上看起，从一双脚看出“风流往上走，心旌摇荡”。见鞋如见脚，鞋是私人的爱物也。宋蕙莲而今将潘金莲的鞋踩在泥泞里，还叫众人瞧见，这当真逼得潘金莲怒从心头起，恶向胆边生！

宋蕙莲看上去是因为救来旺不得而寻了死。但是来旺因何而落难？害他的不是西门庆，是潘金莲也。西门庆每回答应了宋蕙莲的求情，几次都可以放来旺一条路走（长期外派、自寻营生、监狱捞人），但是潘金莲怎肯让宋蕙莲称了心？每次都对西门庆推心置腹地洗脑，使得来旺外派取消、营生不得、下了大狱、继之流配。

绝了宋蕙莲活气的是一根长绫，可双手拽紧了长绫且一脚踢飞了垫脚凳的，却是潘金莲。西门庆勾搭的女人何其多矣，潘金莲早就看明白这一层，乃至于她开始为了“图汉子喜欢”自觉主动为宋蕙莲和西门庆二人提供方便。可后来，潘金莲为什么非要置宋蕙莲于死地而后快？盖因宋蕙莲欲与潘金莲争高下的心，这动到了潘金莲的根本。

宋蕙莲死了，死得孤单，死得低贱，甚至也搭上了她父亲的一条命。（宋仁被西门庆告了个仗尸诈财，挨了二十大板，回家后害了一场时疫，不几日就死了。狠至此！恨至此！宋蕙莲枉死至此！）西门庆闻知，只说了句“他恁个拙妇，原来没福”。（为逝者讳都不顾及了，这时候从西门庆嘴里听到的还是轻看她、嘲笑她！何等凉薄，何等无情无义！）

可是，宋蕙莲本来可以不那么孤单而低贱地死去。她本可以找庇护者，比如西门庆。这不是她本来的目的吗？退而求其次，她可以找吴月娘做个靠山。第一次求死未成，吴月娘见她坐在冷地上哀哀哭泣，茶饭不思，也不言语，吴月娘说她是个可怜孩子。孟玉楼是全书中几乎唯一一个持重藏拙的人，言语不多，连她都看不惯宋蕙莲了，煽动了潘金莲的怒气。最起码，她可以在同身份的人之中交几个朋友，比如吴月娘的大丫头玉箫，最开始是她给西门庆引的线。或者其他家人仆妇，同样身份，同病相怜，她可以说说话，排解排解。

但是她没有。她没能这样做。她除了层层递进地持续与第一宠妾潘金莲结下是非之外，还与不得宠的妾孙雪娥吵架，又与另一个家人媳妇惠祥吵架。每吵一次架，看上去是她占了上风，实际上却是把她脚下这丁点儿安身泥地越发翻了个底朝天，什么蛇虫鼠蚁都往外爬，暴露在天光下，暴露在更多人面前，并终于引来更多的詈骂与轻贱。

宋蕙莲本性其实单纯。她心无城府，有点儿什么好事就欢天喜地，想到什么就说什么，从不揣摩别人会怎么想。她也容易满足，不是不能餍足之妇。西门庆时常私下给她的，不过是二三钱银子——基本上相当于他外面吃了花酒找回来的散钱，纯属打发，还是隔三差五地打发（西门庆之轻贱宋蕙莲又可见一斑）。

宋蕙莲最想要的，是尊严，是不被轻贱。但是，到最后，她不但求尊严而不得，反而被所有人轻贱了。万念俱灰，轻贱至死。宋蕙莲为人有得意张狂有失分寸之处，有行为不检违背社会公序良俗之处，有不能审时度势一意孤行之处。这些，归根结底因欲望而起。

佛家云三毒，曰贪、曰嗔、曰痴。贪者，欲望，嗔者，怨怒，痴者，一意孤行。然而欲望是人性中不可回避的部分。在人性论上，朱熹有过宏论。他认为有天地之性，还有气质之性，前者至善无缺，后者则理气杂陈，善与不善皆有，缺一则“做人不得”。朱熹还讲到“道心”与“人心”。“道心”出于天理，来路正大光明，仁义礼智之心，发而为恻隐、羞恶、是非、辞让，则为善。“人心”出于形气之私，是饥食渴饮。人心有私欲，所以危殆。人心若得道心牵制，则人得以全。失去道心仅存人心，则人终将自毁。一切皆因欲望而起。欲望致死。然而即使是圣人也有人心（孔圣人食不厌精、孔圣人见南子是两则著名典故）。

完全没有欲望的人乃非人，因为他没有了人性的欢乐与忧伤。他是死的。有欲望，是活泼天机。但是欲望需要牵制，如此，才好参妙谛。

# 5

# 巧舌如簧应伯爵

“自我这应二哥这一个人，本心又好又知趣，着人使着他，没有一个不依顺的，做事又十分停当，……都结拜了兄弟罢，明日也好有个靠傍。”说这话的是西门庆，在他看来，“热结十弟兄”里头其余人也就罢了，应伯爵是少不得的。

西门庆评点应伯爵，基本上都对，知趣、有号召力、做事能力强，唯独对应伯爵本质的评判他看走眼了——本心好。

帮闲里头得着最多好处的就是应伯爵，但是西门庆一死马上彻底背叛的，也是应伯爵。西门庆将托孤大事也交代给他，却吃了他最恶的算计，怎不叫人慨叹！此人多谋而心恶，奸诈、吝啬、无义、寡恩，但是西门庆到死也没有辨认出他的恶人本质，为什么呢？

这得说到应伯爵的“本事”。

应伯爵是个破落户，祖上原是有家底的。与别的帮闲相比，应伯爵就见过些世面。他的伶俐机巧加上见识，就能够观人所

不能观、言人所不能言，便是溜须拍马也十分到位。

西门庆送了厚礼给蔡太师，蔡太师投桃报李给了他一个官身，于是需要缮制官服，其中少不得要一条腰带。这腰带是犀牛角制成的。

应伯爵怎么赞叹的呢？

> “不是面奖，就是东京卫主老爷，玉带金带空有，也没这条犀角带。这是水犀角，不是旱犀角。旱犀角不值钱，水犀角号作通天犀。你不信，取一碗水，把犀角安放在水内，分水为两处，此为无价之宝。”

这一番水犀角、旱犀角的论述，既高抬了西门庆的财势，又展示了对官场制度的熟谙（东京卫主老爷正是西门庆所属金吾卫的上司），还透露了超越一般人的对名贵物品的见识。西门庆听了，能不欢喜？至于是不是真的水犀角，谁会真的去验证呢？应伯爵只是恰到好处地用一番话将奉承他人与自抬身价结合起来罢了。西门庆是个暴发的生意人，这些透着“文化”味儿的杂学于他是新鲜有趣的经验，应伯爵的拍马在他听来不是拍马，而是给他增长了学问。

应伯爵高超的“语言艺术”还体现在他能用最平实的话把一件小事讲得妙趣横生，达到阿谀奉承的至高境地。有一回西门庆赏了他两条鲥鱼，应伯爵的致谢可谓一唱三叹：

> “我还没谢的哥，昨日蒙哥送了那两尾好鲥鱼与我。

送了一尾与家兄去。剩下一尾，对房下说，拿刀儿劈开，送了一段与小女；余者打成窄窄的块儿，拿他原旧红糟儿培着，再搅些香油，安放在一个瓷罐内，留着我一早一晚吃饭儿，或遇有个人客儿来，蒸恁一碟儿上去，也不枉辜负了哥的盛情。”

第一叹，好物不敢独享。一条送给家兄也就罢了，还要切下“一段”给出嫁了的女儿。西门庆一份赏，三家人承了情，这恩泽广布！

第二叹，好物不敢靡费。打成“窄窄”的一小块一小块，因为太过珍贵绝不敢大快朵颐，这种珍而重之舍不得吃的情状，通常只在小孩子身上得见。应伯爵为了奉承西门庆，刻意地把自己做小伏低了。

第三叹，好物须得好生相待。除了用它“原旧”红糟儿（酒糟鲥鱼）培着，还加点“香油”，一旧一新，应伯爵把这赏当作御赐一般。

还没完。应伯爵加上了第四叹：有客人来时蒸上一碟，不枉辜负了哥的盛情。西门庆可以想见，应伯爵一定会告诉客人：“此珍馐乃是西门大官人所赐。”而客人尝了这天上有，地下无的美味，也很可能会传扬一番西门大官人的美名。

西门庆怎么能不欢喜呢？

应伯爵说得如此动情，落在其他人眼里，少不得腹诽他阿谀太过——两条鱼而已，何至于此呢！

好一个应伯爵，及时地加料：

“你们那里晓得，江南此鱼，一年只过一遭儿，吃到牙缝里，剔出来都是香的。好容易！公道说，就是朝廷还没吃哩！不是哥这里，谁家有？”

应伯爵点明了鲥鱼的稀缺，显露出他的“学问”又比别人高出一筹。至此，他前面的言语情状也显得有了来由，不那么虚情假意了。

拍马屁也要有“学问”哪！

如果应伯爵的舌灿莲花只能用在吃饭喝酒寻开心上面，那么西门庆也不能如此倚重他。只因他的口才功夫还能为西门庆，也为自己谋利。

第四十五回，白皇亲要当一座螺钿描金大理石屏风和两架铜锣铜鼓连铛儿，要价三十两银子，负责当铺生意的贲四来请示西门庆。西门庆先是犹豫看不准货色，应伯爵细观之后说：“恰好似蹲着个镇宅狮子一般。两架铜锣铜鼓，都是彩画金装，雕刻云头，十分齐整。”还说只一架屏风五十两银子也买不到。这是桩好买卖，西门庆听了一喜，可是又犹豫，白皇亲会不会来赎当呢？应伯爵干干脆脆两句话：“没的说，赎什么？下坡车儿营生。及到三年过来，七本八利相等。”——应伯爵看准了白皇亲家走了下坡路，三年后当期到了，利息就快赶上了本钱，白家是无力赎回的。下文紧接着由西门庆跟前第二个有面子的帮闲谢希大说出“也得一百两银子，少也他不肯”。谢希大与应伯爵交好，一样原是有家世的，由他口里说出来的屏风价值由不得西门庆不信。于是，应伯爵在西门庆的功劳簿上多了一笔：两三句话，帮他赚到了少说七十两银子。

无利不起早。应伯爵是个破落户，除了在西门庆家蹭吃蹭喝外，要紧的是给自己打秋风打下钱来。他帮着西门庆赚钱，也时刻不忘从中渔利。《金瓶梅》多次写到了他的上下其手。比如应伯爵答应帮常峙节跟西门庆借钱的前提是要常峙节好鱼好肉招待他，尽管常兄弟已然穷困潦倒。应伯爵当然不满足于白吃一顿。更大的获利，来自他牵线搭桥的借贷人黄四。

黄四为了一票大买卖需要向西门庆借钱，经由应伯爵牵线成功后，黄四自是让应伯爵从中抽头以表感谢。黄四还想再借，一事不烦二主，又找到了应伯爵。西门庆对黄四并不知根知底，第一次借贷看的是应伯爵的面子，成功收回一百五十两本金和利息后并不情愿再冒风险。应伯爵怎么说动西门庆的呢？——这金子放着也是白放着，不如还交给黄四，并再给出三百五十两，凑上五百两，继续吃利息。

看上去这对西门庆来说是坐收利息的好事，然而到他临死，也没收回五百两本金和一百五十两利息。黄四当初动念借钱，就没有及时如数归还的心。牵线搭桥的应伯爵为了吃黄四的回扣，不惜伤害一向对他贴心贴肺的西门庆。

应伯爵之贪财可谓无所不用其极。

同为十兄弟的吴典恩因为奉命给蔡太师送礼而得了一个驿丞的小官做，须得请客置办，央求应伯爵帮忙向西门庆借钱。吴典恩原只打算借个七八十两，并许给应伯爵十两，而应伯爵索性让吴典恩把借贷单子开成了一百两。转身就把吴典恩给的十两银子的抽头拿下了。

应伯爵举荐贲四负责西门庆家的花园营造工程，贲四没有及时孝敬他好处，应伯爵便寻了个短处拿捏，慌得贲四当晚就送过来好酒好肉并三两银子。

看到这里又是一叹，应伯爵对于财物的贪婪，是从酒肉到银子，不论大小，统统多多益善，来者不拒。

而他得了贲四孝敬的三两银子后，得意道："我且买几匹布，勾（够）孩子们冬衣了。"

这一番指桑骂槐，腾挪跌宕，结果只落在孩子们的冬衣上，也要一叹其心胸格局之小。

果然是量小非君子啊！

至于西门庆死后，应伯爵为了算计他的家产，上下其手，里应外合，乃至于要发卖潘金莲，是他再也不必曲意逢迎扮演忠心清客之后的本来面目大揭示。

夫子曰："巧言令色，鲜矣仁。"可叹妓女李桂姐、吴银儿等人都能够看穿应伯爵的奸邪本质，而西门庆这个清河霸主却一直蒙在鼓中不能察觉。世人之容易被奉承阿谀蒙蔽，有至于此乎！

# 6

# 尴尬闲人白赉光



白赉光是谁？

《金瓶梅》中的男人们根据与西门庆的关系来看，大致分为两类：一类是西门庆需要仰仗的，另一类则是需要依附西门庆的。前者基本上是能够助力西门庆飞黄腾达的权贵，后者则又分为两类：一类是受西门庆雇佣的家人店员，另一类则是由西门庆养着的“帮闲”。

“帮闲”是作者兰陵笑笑生的命名，这两个字组合出一番趣味：帮忙是帮忙的，但也是个闲人。可见不是不可或缺的要紧角色，有忙需要帮，这个闲人才不算个始终的闲人，才有点儿用；没有忙可帮的时候，就是个闲着也是闲着却闲得不安心，老得想法子到西门庆跟前来讨个忙帮一手换几日生计的尴尬人。

西门庆开始发达的时候，把清河县一帮“会来事儿”的聚在了一起，所谓“热结十弟兄”，当然西门庆才是真正的老大，其余的都是帮闲。西门庆真正的要紧事，得是东京城里的贵人蔡太师才指点得上。就算在清河县有个强买强卖、霸占妇女，也得清河县地方上官官相护才行。能用得上帮闲的小忙，有限得很。因此这九个帮闲对于西门庆来说实在是僧多粥少，所以帮闲之中也有地位高低。

地位高的如应伯爵、谢希大，可以跟西门庆一起在“院子”（娼家）里吃酒，分食进献给西门庆的鲥鱼。地位低的，就是尴尬人里最尴尬的了。

白赉光，就是帮闲里头不受待见的尴尬人。

首先他是个替补，顶的是原先热热闹闹亲兄热弟十个人里头气病而死的花子虚的缺。把他替补上来并非因为他有所长，而仅仅是因为原先有十个，现如今少了一个，不好听，也就是说，是来填坑充数的。

其次白赉光没有什么特别的帮闲才能。帮闲“首席”应伯爵善于拍马屁，行云流水，西门庆赏他两条鱼他能说得感天动地，让西门庆这个打赏的人听了十分舒坦，两个人实现了利益交换。祝实念胜在小气而又会凑趣，可以让众帮闲纷纷顺利地揩西门庆的油。谢希大原是富户子弟，弹得一手好琵琶。白赉光呢？既不会阿谀奉承，也不会灵活机变，无论是拳脚功夫，还是艺术特长，都没有，可以牵丝攀藤的社会关系亦无。

一无所长而要仰人鼻息，这种人在一个群体里是最没有存在感的，也是十分尴尬的。《金瓶梅》第三十五回，通过白赉光到西门庆家蹭白食一节把这无用闲人的尴尬写得淋漓尽致。

此节中白赉光本人的自大与仆人的怠慢形成了鲜明对比，写尽白赉光之尴尬。

> 且说平安儿正在大门首，只见白赉光走来，问道："大官人在家么？"平安儿道："俺爹不在家了。"那白赉光不信，径入里面厅上，见槅子关着，说道："果然不在家。往那里去了？"平安道："今日门外送行去了，还没来。"白赉光道："既是送行，这咱晚也该来家了。"平安道："白大叔有甚话说下，待爹来家，小的禀就是了。"白赉光道："没什么话，只是许多时没见，闲来望望。既不在，我等等罢。"平安道："只怕来晚了，你老人家等不得。"白赉光不依，把槅子推开，进入厅内，在椅子上就坐了。众小厮也不理他，由他坐去。

平安是西门庆的小厮，跟了西门庆有几年了。白赉光平白地来寻西门庆，先是不信平安说西门庆不在家，非要"径入"内里去探个究竟。发现果然不在家后，白赉光也不走，也不留话，坚持进入厅内，坐在椅子上等着西门庆回来。白赉光是拿自己当西门庆的兄弟的，摆着谱，可是众小厮不理他，由他坐去。白赉光非要干坐，是因为他的话不能由小厮转告，必须得见到西门庆本人，图的是能够与本尊当面说上话。而平安明知

西门庆在家却说不在，可见西门庆平时就不怎么待见白赉光，小厮们也都看在眼里。白赉光号称是西门庆十兄弟之一，可在西门庆的仆从眼中，哪有半分把他当成主人的朋友看呢？

可叹白赉光不识时务，已然是个尴尬人，但他还要做更尴尬之事。

下文，西门庆从后院出来，与白赉光撞个正着。按理说白赉光应当及时自省——为什么西门庆明明在家中却让仆人报不在，明显是自己不受欢迎。可是白赉光非要把尴尬话挑明：

> 白赉光道："这不是哥在家！"一面走下来唱喏。西门庆见了，推辞不得，须索让坐。睃见白赉光头戴着一顶出洗覆盔过的、恰如泰山游到岭的旧罗帽儿，身穿着一件坏领磨襟救火的硬浆白布衫，脚下靸着一双乍板唱曲儿前后弯绝户绽的皂靴，里边插着一双碌子蝇子打不到、黄丝转香马凳袜子。坐下，也不叫茶。

西门庆怎么看白赉光呢？——"睃"，斜着眼看。西门庆对白赉光轻蔑的打量尽在读者眼前。斜眼看，还不如不看呢！

也难怪西门庆瞧不起白赉光：帽子是洗走形了的，衣服是磨毛了的，鞋子是脱线的。这一身，不比上门讨饭的叫花子好多少。

"只敬罗衫不敬人"，经商又有官身的西门庆，见白赉光这一身潦倒，如何能真亲近他？于是便有白赉光坐下，"也不叫茶”。先前主人不在，小厮们让白赍光干坐，这一回“哥”在了，“哥”让白赍光继续干坐。不禁慨叹：哪有什么亲兄热弟啊！

可怜白赍光愚笨至极。听西门庆吹嘘显摆事务繁忙有好一阵了，老白好容易才喝到了一口茶，此时夏提刑来访，西门庆没有交代一句就出去迎接了。若有几分眼力，老白此时该当告辞，给自己留一分体面，然而老白只是躲到厢房内，还是不走。

老白为什么苦留呢？他要蹭一顿饭食。见他总是不去，西门庆只得叫家人送上饭来。上来的是什么呢？又有一处妙词——牵荤连素。肚里寡淡的白赍光实指望好好滋润一下肠胃，但是清河首富的“哥”招待这个不经常见面的兄弟的荤菜是多么勉强——牵荤连素，那是吝啬的给了点肉星子的打发。

菜不丰盛，酒还是要喝。

> 斟与他吃了几钟（盅），白赍光才起身。西门庆送到二门首，说道：“你休怪我不送你，我带（戴）着小帽，不好出去得。”

帮闲白赍光这一口茶、一顿饭、几盅酒，他自己坐定生根讨要来的，在读者看来，实在不能不为之叹息。

总之，白赍光是个确确实实的闲人。

忙人的闲才宝贵，闲人的闲，是废。

做帮闲，也得有所长。

# 7

# 可叹暖男常峙节

却说常峙节自那日求了西门庆的事情，还不得到手，房主又日夜催逼。恰遇西门庆从东京回家，今日也接风，明日也接风，一连过了十来日，只不得个会面。常言道："见面情难尽。"一个不见，却告诉谁？每日央了应伯爵，只走到大官人门首问声，说"不在"，就空回了。回家又被浑家埋怨，道："你也是男子汉大丈夫，房子没间住，吃这般懊恼气。你平日只认的西门大官人，今日求些周济，也做了瓶落水。"说的常峙节有口无言，呆瞪瞪不敢做声。

《金瓶梅》皇皇一部大书，经济文章、风月文字不少，龌龊勾当、卑鄙行事亦多，读来常觉世态炎凉、红颜薄命。但是它在第五十六回特意写了一对底层夫妻的家常琐碎，口角之外透出理解与同情，于细碎处叫人感叹一声：这就是寻常人家的日子。

常峙节是西门庆帮闲之一，不过没什么地位。虽然不像潦

倒而缺乏眼力见儿的白赉光那样尴尬，但也是需要仰仗西门庆讨生计的。本回之前，常峙节因为拮据付不出房租，向西门庆告贷未成。这一回开篇，便又是垂头丧气回家吃了老婆一顿骂，挨骂的常峙节能怎么样呢？“呆瞪瞪不敢做声”。（按：常峙节的名字听着颇有气节，然而困窘之中只能折节求告、挨骂。这是《金瓶梅》书中人物取名之妙的又一桩实例。）

顶门立户的男子汉在外头不受待见，求告无门后回家又被老婆吼，“呆瞪瞪”“不敢做声”里头，藏了一个爷们多少没法说出口的难堪。

挨了骂的常峙节终于想出一条路来——请应伯爵吃饭，央求这个西门庆跟前的第一红人去转圜。应伯爵真是恶人，明知常峙节日子难过，又和他身份相同（都是帮闲），却还要吃他“一盘熏肉，一盘鲜鱼”，是有“鱼肉”他人的机会一点都不放过的小人。

西门庆经应伯爵一番说合，给了常峙节十二两碎银，常峙节“接过放在衣袖里，作揖谢了”。之后是——

> 常峙节作谢起身，袖着银子欢喜走到家来。刚刚进门，只见浑家闹炒炒（吵吵）嚷将出来，骂道：“梧桐叶落——满身光棍的行货子！出去一日，把老婆饿在家里，尚兀自千欢万喜到家来，可不害羞哩！房子没的住，受别人许多酸呕气，只教老婆耳朵里受用。”那常二只是不开口，任

老婆骂的完了，轻轻把袖里银子摸将出来，放在桌儿上，打开瞧着道："孔方兄，孔方兄！我瞧你光闪闪、响当当无价之宝，满身通麻了，恨没口水咽你下去。你早些来时，不受这淫妇几场气了。"

《金瓶梅》就此铺开了一出生动精彩的喜剧。常峙节离开西门府，袖中银子沉甸甸的，但是脚下必然是轻快如风，欢喜在心在脸。然而一腔欢喜还没有说出一个字，当头就被老婆迎门又一场痛骂：养不活老婆你还有脸笑！

这一回挨骂与昨日的"呆瞪瞪不敢做声"不一样了，常峙节手里有钱，心中不慌，他"只是不开口"，好整以暇，要看着老婆能做怎样一番折腾。

老婆骂得没力气了之后，他才"轻轻把袖里银子摸将出来"，"轻轻"可见珍而重之，"摸"亦可见珍而重之，还故意地放缓动作，引得老婆噤声细看。白花花的银子放在了桌上，常二不和老婆说话，反倒和银子说话，叫它"孔方兄，孔方兄"。——想象夫妻俩一个安然坐着，绷住了喜悦的秘密，另一个叉腰站着怒骂不止，突然见了银子喜出望外，这一静一怒再加一揖一逗，场景多么有趣啊！

有了钱便气焰长。常二老婆见丈夫竟然拿钱回来，便"喜的抢近前来，就想要在老公手里夺去"——可见得是很久不见银子了，即便有银子，常二也不怎么交给妇人。这一回突兀地见到银子，妇人之喜形于色，正是此前长久积压的焦虑突然消失所致。

夫妻俩的戏到此偏又一转，没有说夫妻俩恩恩爱爱，而是落笔常二，由他埋怨老婆天天骂人，半真半假说现在有了钱了，不和你过了。——这是多日受气的男人一朝得了意才会有的口吻。他在“上司”面前混得不好，“同事”这里又尽露家丑，这一点碎银来得仰人鼻息、毫不称意，只能在老婆面前充充大，找回一点心理平衡。也是可怜可叹的中年男人啊！

于是惭愧的常二老婆说了一番软话，常二则生出对老婆的体谅来——妇人家也是难做，受了辛苦埋怨人，也怪他不的。

这一节，是寻常夫妻口角之后的互相体谅，吵架不要紧，要紧的是吵架之后能够相互体谅。柴米夫妻，不就是如此般此消彼长地磕磕绊绊又相互扶持着把日子过下去的吗？

夫妻俩的好戏还没有结束。《金瓶梅》把戏继续铺陈到一块羊肉上去，又是一番生动趣味。

> 常二取栲栳望街上买了米，栲栳上又放着一大块羊肉，拿进门来。妇人迎门接住道：“这块羊肉，又买他做甚？”常二笑道：“刚才说了许多辛苦，不争这一些羊肉，就牛也该宰几个请你。”妇人笑指着常二骂道：“狠心的贼！今日便怀恨在心，看你怎的奈何了我！”常二道：“只怕有一日，叫我一万声：‘亲哥，饶我小淫妇罢！’我也只

不饶你哩。试试手段看！”那妇人听说，笑的往井边打水去了。

相比无钱时常二一到家门口妇人“闹吵吵嚷将出来”，有钱时则是“迎门”“接住”，一连几个“笑”，慨叹妇人的心之小，有钱便欢天喜地；可也要慨叹妇人的心之诚，有钱便实打实地欢喜。所以妇人本性也非恶人，只是平时被穷字逼狠了啊！

有了钱，能够对老婆有所交代的常二，也一改“不敢做声”的熊样，而是敢于和老婆开玩笑乃至于调情了。这一出，也是寻常夫妻的日常——骂过后，仍然是亲热做伴的夫妻俩。

妇人切了一碗羊肉，常峙节却以在西门庆家吃过饭了为由，一口没吃，都让老婆吃了。下文常二“奔”到大街上给老婆买衣服，“看了几家，都不中意”，挑拣着一并买了五件。——常峙节在西门庆家看到妻妾们一人一箱秋冬衣服，如今手里有了钱，便不肯再委屈自己老婆。常峙节算得上一个能心疼老婆的好丈夫了。

虽然常言“贫贱夫妻百事哀”，可是口角、不满、怨怼、钱不够用（钱永远不会够用）难道不是寻常日子的常态吗？在捉襟见肘的生活里，在不为外人尊重的烦闷里，夫妻两个吵架归吵架，偶然有些富余则相互开玩笑乃至小小地捉弄一番，正是把寻常日子过下去的奥妙啊！

# 代后记一　父亲建造的宫殿

## 一、挖野菜

爸爸说：“咱们去挖野菜，回来做清明团子。”

我蹦着说道：“好！”

于是我俩就拎一只小竹篮往野地里去了。野地里有马兰头、艾和荠菜。荠菜开着细细的小花，爸爸说已经不能吃啦，今天的目标是艾。我揪住艾软绵绵、毛茸茸的像兔子耳朵那样的叶子，用力一拔。“哎呦！”春天的泥土是软的，土坷垃碎了粘上了我的手掌，蓝布裤子上也有。爸爸转头朝我看看，笑着说：“女儿你用小剪刀剪，把根留在土里，这样明年春天它又会长出来了。”风吹过来，有一点焦的香味。爸爸站起身来，望过去，用带有浓浓乡音的普通话吟诵：“离离——原上草，一岁——一枯荣。野火烧不尽——，春风——吹又生。”第二个“离”字拖得特别长。“离离原上草，春风吹又生。”我学着念道，并问爸爸：“离离是什么意思呀？”爸爸说：“你长大就懂了。”

那时候我六岁，还没上学，也没有幼儿园可上。

## 二、看夕阳

儿童节，少年宫里的长队蜿蜒了好几圈。今天来的小朋友可以领一本书，彩色的。“队伍好长啊！”我回头看看，爸爸在后面边儿，高高的，在。我就又排队。少年宫是个好地方，可是离家好远。今天是因为老师给了我游园券——只有三好生才有哦——爸爸就带我来了。队伍的前进速度有点慢，我也有点饿，我又回头看看爸爸。爸爸在我几步外的地方，脑门宽宽的，在。爸爸问：“女儿，还等吗？”我瞄瞄经过的小朋友手上拿着的彩色书，说：“要等。”爸爸笑着说道：“好，要看书是好事。爸爸陪你。等下带你去玩。”

打少年宫出来，没多少路就到了西湖边。荷叶摇摇的。爸爸“咔嚓”一踢脚撑，他 28 英寸的永久牌自行车就停稳了。爸爸的右胳膊环住我的背，一用力，我就站到地上了。爸爸给自行车的前梁装了个小木凳，起先那是我坐的地方。爸爸骑车的时候，我可以把手扶在车龙头上，冰冰凉凉的。但是更好玩的是这样我就可以去扒拉自行车铃，那个圆头圆脑的小铁盒子支棱着一只小耳朵，一按耳朵，圆铁盒子就兴高采烈地“叮铃铃——”地唱起来。我喜欢爸爸的自行车从人多的路上穿过，这样我就可以不停不停地按铃，不管什么人，这时都得赶紧地往两边让。还有比这更得意的吗？

不过后来这小凳子归弟弟坐了。再说，长高了的我坐在这凳子上脑袋会顶住爸爸的下巴，得弯腰才行。爸爸也比以前忙碌了，就算在家里也来去匆匆的。他从厂里回来，对妈妈说："工资里扣掉五块买国库券。"说这话时爸爸脸上带着有点难为情的笑容。妈妈低头干着活计，不响。爸爸接着说："党员要带头。"这时他脸上的笑加深了——这笑容和看着我时笑的那种不一样。妈妈把手里的裁缝尺一放，说道："带头，带头，你一个人把先进当当到底算了！"爸爸"嘿嘿"一笑。妈妈看了眼墙上显眼的大红花，叹了口气，不响。……

长椅上我坐在爸爸右边。荷叶摇摇的。"爸爸，我今天……""爸爸，我们老师说……""爸爸，我们班里有个同学……"开心了一天的我把小腿挂在木椅上，前前后后地晃，好像晃秋千。嗯？爸爸怎么不出声儿呢？我歪过头去看爸爸。爸爸微微抬着下巴，眼睛远远地望着。我也朝前面看了看，没有什么特别的啊。侧身去看爸爸。爸爸的方脸上颧骨高高凸起，两条浓眉毛，眉毛中间有竖纹。爸爸的脸颊有点凹下去，嘴唇抿得紧，下巴是方的。爸爸没有看我。我离开凳子站在了地上。"坐好。"爸爸说。我不动。"我们已经坐了有一会儿了，什么时候回家呀？这儿到家里还很远很远呢。"

"坐好，爸爸给你看样好东西。"爸爸微笑了一下，紧抿的嘴唇开了，好像拉链。

天色不如刚才明亮了。湖水过去是山，山顶上是天，天上是霞，金黄的一大片，又夹杂着紫。我看了一会儿突然想起来，“爸爸你要给我看什么好东西？”

爸爸抬了抬下巴说：“你看，好不好看？”笑容在他脸上浮起一层淡金。

“落霞—— 与谷物—— 起飞—— 秋水—— 拱长天—— 一瑟。”嗯？我听不懂爸爸在吟诵什么，“爸爸你再说一遍。”

爸爸站了起来，阳光打在他的大脑门上，闪闪发亮。“落霞—— 与谷物齐飞—— 秋水—— 拱长天一色！” 他摸摸我的脑袋，笑脸明亮，“这是唐朝一个著名的诗人写的，也姓王。”

那时我十岁。

## 三、浆洗活

丁叔大步走进屋内，向我爸说道：“老王！有一件活儿要不要做？招待所的被面床单要找人洗。工钱可以的，就是活儿急，就两天，几十套床单被面，洗好，晾干，烫平，还要缝回去。”丁叔算我们家半个老乡，和爸爸一样当过兵。他常来我家，有时候摸摸我的头，看看墙上大红花旁的奖状，说：“好好读书。”

爸爸眼睛一亮，毫不犹豫地说：“做！”

爸爸给自来水龙头接上一根肉红色的自行车内胎软管，自来水“哗哗”地流到大木盆里，白底彩条纹的床单们在盆里鼓鼓囊囊的。他把裤管卷到膝盖以上，一双大脚在水里踩，泡泡从白色的慢慢到透明，从大木盆里挤出来到了外面地上，地上有了一条小河，再后来成了一片河滩。

洗干净了的被单在爸爸手里是粗胖的一团，爸爸把一头交给我，我两手托着被单头小心翼翼往后退，生怕一滑被单掉在泥地上。泥地上有的地方泛着绿，是苔藓。沾上就太难洗了。

“来，我喊一二三，我们一起用力！”

“好！”我响亮地回答。

粗胖胖的被单被迅速挤小了，透明的水“哗哗”地逃出来，织成一道雨帘。“一二三！”我们又挤了一次。“来，我们再来一次！”爸爸大声说。我胳膊已经没有力气了，双手攥着被单，带着身体一齐向右、向后扭。被单好像终于被挤干了。

爸爸在木桩之间拉起很多粗铁丝。木桩也是爸爸自己打的，一院子人晒衣服都用这些粗铁丝（爸爸好像啥都会）。一张张被单被甩上去，挂起来，在风里呼啦啦地响，好像很多的彩虹。粗肥皂的香味在空气里淡淡地飘着。

傍晚的时候被单干了。我跟着爸爸，拎着装满被单的铅皮桶，来到招待所的乒乓球桌前。“哗”的一下铺展开被单，找到乒乓球桌的粗粗的白色中线，和被单的中线对齐，然后放上棉絮，再放上被面。爸爸粗粗的手指套上顶针，在长针里穿好粗白棉线。爸爸在被子那一端，我在这一端。我们把自己亲手洗的被单一针一针地绗缝起来。有时候针穿不过棉絮，我就用顶针顶一顶，如果还是不行，就要把针退出来，稍微挪一下换个地方插进去。我们俩没有说很多话，说话会降低速度，而我们的目标是今天要把几十床被子绗缝完，第二天要交货。

一床被子完工，香喷喷，蓬蓬松。爸爸说："半丝半缕，恒念物力维艰。"

那年我大概读小学六年级。我们家有了四邻八舍里第一台电视机。但是爸爸很少打开，我和弟弟做作业，他泡一壶茶末末儿，看从厂里借来的厚书，像《新华文摘》《收获》等。也有薄的，那是《儿童画报》《儿童文学》，这些是家里订的，我可以翻来覆去看很多遍，因为不用还。

**四、一字师**

厂里的效益越来越不好。国库券虽然不多买了，可是工资不涨。物价倒是开始涨了。领导来我家，跟爸爸说道："老王，厂里决定搞三产，开招待所。"

厂子搬到城里去了，旧楼留在山上。从山上到最近的公交车站，要走半个小时。下山还好，上山就费力。除了靠山吃山的茶农，能去城里的都去城里了。

领导又来了我家，和爸爸喝着茶，领导说："厂里要发不出工资了。你是老先进……"爸爸说："人们总是以成败论英雄的。"

爸爸这时候已经不在车间。他“以工代干”——工人身份，干部岗位，给厂里写各种材料文章。常常边喝茶边扣着手指，想着、构思着。爸爸说：“打腹稿。”爸爸说：“写文章最重要的是立意。”爸爸说：“大脑门锃亮。”……可是到了发工资的时候，就不免叹气。“以工代干”，拿的是工人的工资。

爸爸终于还是接过了“招待所所长”的名头。旧办公楼虽然粉刷了一下，还是简陋啊！而且在这山沟沟里，连公交车都没通，谁来啊？

爸爸连日喝着茶，手指“咔咔”地扣着桌面。《今古传奇》这样厚的大书也不看了。我翻过一下，一本大书只有一篇文章，作者叫梁羽生，打打杀杀的有啥好看呢，很快就放下了。但是那文章名字可好听——《七剑下天山》。天山啊！神往。

我已经上初一了。每周的作文大部分是优，偶然是优减。路边的小花，麦冬草，学校里的枇杷树，不听妈妈的话，家里吃的鱼，记一件小事……什么都可以写成作文，常常被语文老师当作范文朗读。没有“题材”的时候，就写“读后感”——那时爸爸给我订的是《少年文艺》，文章长了许多，有的我看不大懂。

有一天晚上爸爸将一叠绿格子稿纸放到我面前，跟我说道：“女儿，这是爸爸给招待所写的广告，你看看，提提意见。”

爸爸脸上挂着笑，有点得意。妈妈听了回头看看，说：“想得出的，叫女儿提意见。小孩子懂啥。”

爸爸认认真真地笑着说道：“女儿你看看，读读，这样写能不能吸引客人？”

“请君春日来，柳丝绵绵长。请君夏日来，荷花别样红。请君秋日来，湖畔赏月光。请君冬日来，断桥雪映山。”

“上有天堂，下有苏杭。招待所位于西子湖畔，佛教圣地，暮鼓晨钟，最宜修身养性……”

我读着，爸爸听着，皱纹舒展。

但是爸爸叫我“提提意见”，那我提不提呢？因为没有考上重点中学，我跟爸爸的关系有点紧张。哼！

爸爸鼓励地看着我，“说说，有没有要改的？”

“那——‘请君’这个说法不大好，是一种有点强制性的邀请。改成‘君若’是不是好一些？君若春日来，会看到什么，君若秋日来，会看到什么。想哪个季节来，客人自己定。而且‘请君’读起来也没‘君若’好听，第一声搭配第四声，更有韵律感、音乐美。”

我拿出了语文课代表的劲儿，小嘴叭叭的。豁出去了。哼！

爸爸眼睛更亮了，笑意浓厚，连连赞叹：“有道理，女儿说得有道理！古人有‘一字师’，女儿你今天就是爸爸的‘一字师’！”

爸爸又要摸我的头，我一偏脖子，闪开了。

这年我十三岁。

广告印了不少，我偷偷瞄了一眼，果然，印的是“君若春日来”。爸爸没骗我。

### 五、写信

爸爸是 1945 年生的，十六岁初中毕业，拿到县一中的录取通知书，到我奶奶坟头烧了。回来和我爷爷一起扛家。十九岁那年他当了兵，一当就是八年，直到政策原因，提干的理想破灭。

他常常跟我回忆小时候没有粮食吃不饱饭，带着年纪还小的弟弟妹妹一起做繁重的农活的场景。星期天做各种面食的时候，他骄傲地说这些手艺是在部队里学的。针线活儿也是当兵必备的功夫。但是他最骄傲的是当了炮兵排长，管着一群大学生新兵。每到这时他就会满足地喝口茶，五个手指在桌上“咔啦啦，咔啦啦”跳舞，大眼睛闪闪发光。

爸爸很少和我讲人生道理——也许他讲了，只是我没记住。初二时我离家去外地上学，每个礼拜收到他寄来的信，牛皮纸信封是招待所统一的，上面写着某某某（女儿）收。信全部都是用绿格子的稿纸写的，连标点符号也端端正正的在格子里，蓝黑色的碳素墨水。有时候两页，有时候三页，偶然只有一页多一行。他写妈妈惦记我，写弟弟说橙子留给姐姐回家吃，写过礼拜五一放假就来看我；也写保尔·柯察金，写张海迪；有时候就索性是一段名人名言。结尾呢就让我感到压力了，“百尺竿头，更进一步”或者“好自为之 切切”，也有“余言不赘”。每当收到信，总有同学好奇，又带点羡慕地问：“你爸爸又给你写信啦？”那时候我以为爸爸给在外地读书的女儿写信是很稀松平常的事，直到我自己做了妈妈才明白，信，以及写信，是多么珍贵。

爸爸的信，在我读高中时越来越少。我曾经有点惧怕看到他信纸上的“好自为之”，没有信我多了几分自由，但是偶然也会在刷题的苦恼中想起来：好久没有爸爸的信了。后来我才知道，那时爸爸的身体每况愈下，他虽然挂念我，却已经没有精神给我写信了。

爸爸去世得早，身无长物。但是他给我留下了一叠手写的信。几十年过去了，纸张发脆了，但牛皮纸上的碳素墨水基本上抵抗住了岁月，淡淡的蓝黑色，好像沉静的湖水。

爸爸对于印刷成铅字的文字有一种真诚的敬畏。他那一代人，书是难得的，能写书的就更加令人仰望。少年困顿，他没有机会读完想读的书，补偿自己的方式就是看很多书，看多了之后写出来，“以工代干”去了厂里的宣传科之后，他的文章常常被厂报发表。这就是他文字生涯里的高光时刻。

对于我，他既宠爱得无微不至，又教训得近乎严苛，但是在文学的启蒙和讨论上，他有足够的耐心和欢喜，也有出乎意料的民主和平等。他不是容易大喜的人——在那个尚不富足的年代，支撑一家大小，还要勤恳工作，又要面对命运的不公，这些都足以消耗掉他的热情。但是有一次他极其高兴地大步走回家，没进家门就喊：“女儿的文章登报了！”——而那篇登在《中国少年报》上的“文章”，其实只是一封写给“知心姐姐”的信，并且是一封“告状信”——没有考上重点初中的我，不忿于爸爸对我巨大失望之下的冷落，写信问“知心姐姐”爸爸这样做对吗？

我用的是化名，是名字的谐音，每一个字都改了。

但是爸爸仍然无比确定，这个“黄亚萍”是他的女儿。

他一边讪讪地说：“长大了，居然会告状了！”“知心姐姐”的回信里第一句就是：“希望黄亚萍同学的父亲能够好好地看一看这封信。”一边又面带喜色地说：“登报成铅字了啊！全国少年儿童都看的报纸啊！”

我记忆中，爸爸从来没有明确地说过希望我成为一个作家，成为一个能靠写文章吃饭的了不起的人。他只是很自然地带着小时候的我一起劳动，借景生情地吟一两句诗歌，触发我幼小心灵中对于劳动和诗歌之中蕴含着的美的感知；给我毫不吝啬地订阅文学杂志，提供超越同龄人阅读范围的严肃文学；以作为一个父亲兼文学爱好者的胸怀真诚地赞美我对他作品的自大的改动——而今看来，“请君”又有何不可呢？

文学，或者说写作，曾经拥有过洛阳纸贵、万人空巷的好时光。但是这种荣光是短暂的。在随后熙熙攘攘，皆为利往的时代里，静心写作成了不合时宜的事。不单是写作，就连看书，也常常遭遇来自灵魂的拷问——“有什么用呢？”

有什么用呢？这个问题，每个人都有自己的答案。我所知道的是，那些看似无用的事，有一种微妙的内在的连接，它们彼此勾连、依靠、蔓延，在一个人陷入困顿、濒临崩溃的时候，这种连接如同吉光片羽，轻轻地，然而又是坚定地，将这个人从深渊之中托起来，于不动声色之中让他重新张开双眼，看到深渊之外的澄澈蓝天，天上流云淡淡。

又是一年清明。我又一次去看了父亲。三个月前衰草离离，现在，草木华滋。我知道这辈子也无法成为父亲无言期待过的作家女儿，也无法做出什么骄人成就。但是在和他成为父女的二十三年里，他用文学构造了一个和我共享的幽深的宫殿，宫殿回廊曲曲折折，似无尽头，但在曲折之中，时有光柱出现，有时投射一小块玻璃上的五彩到深灰地面，有时照出一张晶莹的蜘蛛网，有时是木窗上的卐字花纹……迂回萦绕之后，终于发现在穹顶上有一扇天窗，阳光并不猛烈，但也毫不吝啬，永在。

这一本小书，就是宫殿里的回响。

爸爸，谢谢你。

王雅平

二〇二二年清明

# 代后记二　北高峰上的父亲



壬寅年年初五，民俗拜财神。杭州的北高峰上有天下第一财神庙，北高峰脚下的桃源岭离我家半小时车程。攀爬北高峰对于运动“弱鸡”的我来说也是一项难度超过四星的任务。

发了个朋友圈，问：“约吗？”女性朋友见了回复我：“防疫需要，财神庙不开门。”我说：“就当去向财神表示诚意！”

爬山的人不算少，带着孩子的居多。脚力这东西向来和孩子亲厚，对于老人，民间有话：“人老腿先老。”

林间阳光和煦地进来，在积累的水汽里温柔而坚定地铺出一层薄薄的暖色，连日阴雨，这一层阳光，就如农妇见缝插针抓住一个有太阳的早晨，撑开检视的薄丝绵一般：虽然是旧丝绵，暖力不足，但毕竟是丝绵。

拄着登山杖歇歇爬爬约莫一小时后，眼前豁然开朗。在我的左侧，分明矗立着三座铁塔——那是广播电视信号塔。

信号塔于我有特别的意义。读小学时每天走路上学，路边是潺潺小溪，还有茶园和农舍。到了能看到信号塔的时候，就知道路程只有三分之一了，路面平缓而带着微微的下坡，脚下就会发力，心神也会从看风景中收回来，心中暗想：赶紧去学校，别迟到了！

如果只是一个路标，那么信号塔不会比一座石桥、一间桥亭更有意义。

有一年冬天，我妈带着我们姐弟俩沿着这条路进市区。那时候的冬天很冷，还要小心路上结的亮晶晶的冰。走了很久，耳朵和脸都痛，脚上的冻疮又热又痒，长路好像没有尽头。突然我妈遥遥一指北高峰，说道："你们爸爸在上面。"我弟三四岁，蹦起来问道："爸爸在哪儿？"我六七岁，踮起脚问道："爸爸在哪儿？"

"呶，就在山顶上。"我妈继续指着，神情坚定。我和弟弟左摇右晃地想把爸爸看清楚。但是我们能看到的只有一座尖尖的塔。塔身向两侧放出漂亮的对称的弧线，下半截隐没在皑皑白雪里。

"看不清楚啊妈妈！"

妈妈又抬了抬胳膊，说："你们看，你爸戴着的帽子。"对哦，爸爸有一顶像雷锋叔叔那样的帽子，有厚厚的帽顶、厚厚的帽耳朵，帽耳朵是棕色的，和《儿童画报》上爱吃蜂蜜的大熊一样，而且摸上去还毛茸茸的，捋过去那短毛毛微微弯一弯又会立起来，像要咬我的手心。

这帽子是爸爸当了八年兵的纪念，和他一抽屉的“五好战士”证书、“先进工作者”的大红绢花一样，是他个人史的一部分，但爸爸却很少言说。

爸爸更多地在柴米油盐和读书看书中让我体会到八年军旅生涯对他的影响。

每到周末——那时候一周只休息一天，爸爸在浆洗一家人的换洗衣物和大件被褥之外，在修理桌腿、窗棂、煤炉、鸡窝之外，总能安排出一锅热气腾腾，邻里之间绝无仅有的面食。包子、花卷、大饼、面条……他用中号铝面盆和面，揉好，上劲，然后盖上纱布，带着一种胜券在握，要再下一城的欣然和跃跃欲试来到外间。在那里，他自己搭建的泥巴灶台已经等了一周了。爸爸洗了大铁锅，取了废纸（有刨花就再好不过了），侧身弯腰，点火烧柴。有时候他被烟熏得眼睛红，不知是捡的柴火太湿，还是烟囱——那也是他自己用洋铁皮敲打焊接成的——倒灌，他用力眨着眼好把烟赶出去，那双大手并没有空能够去揉一揉。总之烧柴生火并不是一件富有诗意的工作。

但是这一切烟熏火燎在开锅的一刹那，被饱含炊熟面粉香味的氤氲热气冲散。那些白白胖胖的馒头啊，齐齐整整地挨挨挤挤着！爸爸给它们施予了怎样的魔法，小小的黄焦焦的面团怎么就变得这么好看了呢？

真好玩，我当然要去戳一下。

爸爸一声喝：“手洗了没？”

已经来不及了。刚才帮爸爸一起烧过火的手，已经在白白的馒头上留下了一个淡黑指印。

抬眼看看爸爸，他方正的国字脸上好像也没有很生气的样子嘛！比我做作业字没写好时的样子和蔼多了！

隔壁院子的邻居三三两两地经过，我们这个院子里有自来水房。“老王，又做好吃的啦！”于是老王就招呼邻居拿一个两个去吃。

在物质并不宽裕的年代里，人们的粮食配给是有定数的。给别人的多了，自己碗里的就不可避免地少了。但是爸爸从来没有吝啬过。

不唯独馒头，连更费工夫的肉包子、菜包子，他也能装上满满一碗，叫我端给邻居。

爸爸说做面食的手艺是跟部队里的伙夫学的，他主动去打下手，时间长了，大师傅就教他怎么发面面食才能更好吃。搭柴灶、搭鸡窝是在从小的农村生活中习得的，做烟囱、做蒸架、给铝锅换个新的底，是复员进厂在金工车间琢磨出来的，但是给我弟打造出栩栩如生的飞机、坦克、电话机，就是他自学成才的结果了。论学历爸爸只是初中毕业，但是手上的功夫则让厂里大学毕业的技术员都要尊称一声“王师傅”。

有一回天气极寒，北高峰上的广播电视信号塔不灵了，于是有关部门找到了省里唯一的无线电厂，厂长找到了王师傅。

“王师傅，这件事情要紧，要紧！又要技术到家，又要不怕辛苦，又要思想觉悟高，厂里看来看去，只有王师傅你了。”

王师傅那时候三十七八岁，在金工车间待了将近十年，部队里入的党，当过炮兵排长，年年的先进工作者。

现在妈妈很确定地指着那高高的山上的尖尖的塔，很确定地说：“那一团深色是爸爸戴的帽子。有没有看到？”

我弟蹦起来，开心地说道：“看到了，看到了！”

我踮起脚，向妈妈问道：“那个是不是爸爸？”

“肯定是！”我妈说。

剩下的路很快走完了。回来时我们都又往山上望，积雪还是那么多，尖尖的塔纹丝不动，我们的爸爸把电视信号塔修好了没有呢？

又过了三四年，我家有了左邻右舍里第一台电视机，是我爸买来零件自己组装的。电视组装完成不久后，电视剧《射雕英雄传》和《霍元甲》就热播了，于是爸爸把电视机搬到院子里，大人孩子挨挨挤挤一起看。电视机屏幕上一片雪花点时，爸爸就和邻居叔叔一起配合着去调整天线——自然，这天线也是爸爸自己架的。

所以北高峰的电视信号塔于我而言，从来都不仅是一件设施、一个标志，而是一种父亲的证明。

壬寅年年初五，我去爬北高峰为的是迎一迎财神，但是在气喘吁吁的一小时后，父亲曾经检修过的信号塔如此醒目地出现在我眼前，我感觉这是我和爸爸又一次的灵魂相通。我和信号塔合影，感觉就是和父亲在合影。

之后很快登了顶，那天下第一财神庙官称灵顺寺，寺庙正门柱子上有一副对联。

上联是——

灵境在心还应上下求索；

下联是——

顺时从事自能左右逢源。

这副对联大有深意啊，这才是发财兴旺的真正秘籍。

信号塔就端端正正矗立在财神庙里——也不知是先有庙还是先有塔。

我素来怕爬山，但是这次爬山顺顺利利，虽然吃力，但没有预想中那么艰难。

下山时我又回身望了望北高峰上的信号塔，好像再一次望向父亲。

他走了二十六年了，但从来，从来没有离开过我，也没有离开过我妈。

年初二我略施小计带妈妈去了电影院，看的是抗美援朝题材的《长津湖之水门桥》。前三分之一有诸多炮营的戏，我跟我妈说："爸爸当过炮兵排长。"妈妈说："当过兵的人是特别能吃苦的。"

我爸一生都过的是穷日子、紧日子，但是他给予了我诸多的精神财富，这种财富始终伴随着我，并且历久弥新。

王雅平

二〇二二年二月六日

**图书在版编目（CIP）数据**

梦梅人记 / 王雅平著. -- 杭州 : 杭州出版社, 2022.4

ISBN 978-7-5565-1765-7

Ⅰ. ①梦… Ⅱ. ①王… Ⅲ. ①《红楼梦》研究②《金瓶梅》-小说研究 Ⅳ. ①I207.41

中国版本图书馆CIP数据核字(2022)第060091号

MENG MEI REN JI

# 梦梅人记

王雅平 著

**责任编辑** 郑宇强
**责任校对** 陈铭杰
**美术编辑** 卢晓明
**出版发行** 杭州出版社（杭州市西湖文化广场 32 号 6 楼）
电话：0571-87997719 邮编：310014
网址：http://www.hzcbs.com
**印　　刷** 浙江全能工艺美术印刷有限公司
**经　　销** 新华书店
**开　　本** 880 mm × 1230 mm 1/32
**印　　张** 9.25
**字　　数** 185 千
**版 印 次** 2022 年 4 月第 1 版 2022 年 4 月第 1 次印刷
**书　　号** ISBN 978-7-5565-1765-7
**定　　价** 68.00 元